# 玉響の譜

## 無茶の勘兵衛日月録17

浅黄 斑

時代小説

二見時代小説文庫

# 玉響《たまゆら》の譜《ふ》——無茶の勘兵衛日月録17

## 目次

# 『玉響《たまゆら》の譜《ふ》――無茶の勘兵衛日月録17』の主な登場人物

落合勘兵衛《おちあいかんべえ》……越前大野藩江戸詰の御耳役《おみみやく》。二十二歳。新妻園枝《そのえ》を娶って一年。
新高八次郎《にいたかはちじろう》……勘兵衛の若党。
松田与左衛門《まつだよざえもん》……越前大野藩の江戸留守居役。落合勘兵衛の上司。
松平直良《まつだいらなおよし》……越前大野藩の藩主。七十四歳の高齢ゆえ病がち。
酒井忠清《さかいただきよ》……幕府の大老。越前大野藩への謀略の後ろ盾。
松平直堅《まつだいらなおかた》……先々代福井藩主の隠し子。ようやく一万石の大名並に。
比企藤四郎《ひきとうしろう》……福井藩を脱藩して松平直堅家の設立に奔走し、用人（留守居役）に。
縣小太郎《あがたこたろう》……越前大野藩を致仕し江戸へ。勘兵衛の力で松平直堅家に仕官。
吉野屋藤八《よしのやとうはち》……勘兵衛に遠縁の仇討への助力を要請。陸奥白河藩を致仕し商人に。
本多忠義《ほんだただよし》……二十年前、陸奥白河藩の藩主のとき、土屋数直と名刀を巡って確執。
土屋数直《つちやかずなお》……現在は常陸土浦藩の領主で幕府の老中。二十年前に、ある事件が…。
大竹平吾《おおたけへいご》……吉野屋藤八の遠縁。白河藩御使番の若党。荒川三郎兵衛に殺される。
松枝主水《まつえだもんど》……白河藩御使番。土屋数直の名刀を巡って荒川に斬殺される。
荒川三郎兵衛《あらかわさぶろべえ》……二十年前、土屋数直側近の依頼で、大竹と松枝を斬って名刀を奪取。
太田摂津守《おおたせっつのかみ》……浜松城主。幕府寺社奉行と奏者番を兼任。江戸屋敷へ勘兵衛を招く。

## 越前松平家関連図（延宝６年：1678年７月時点）

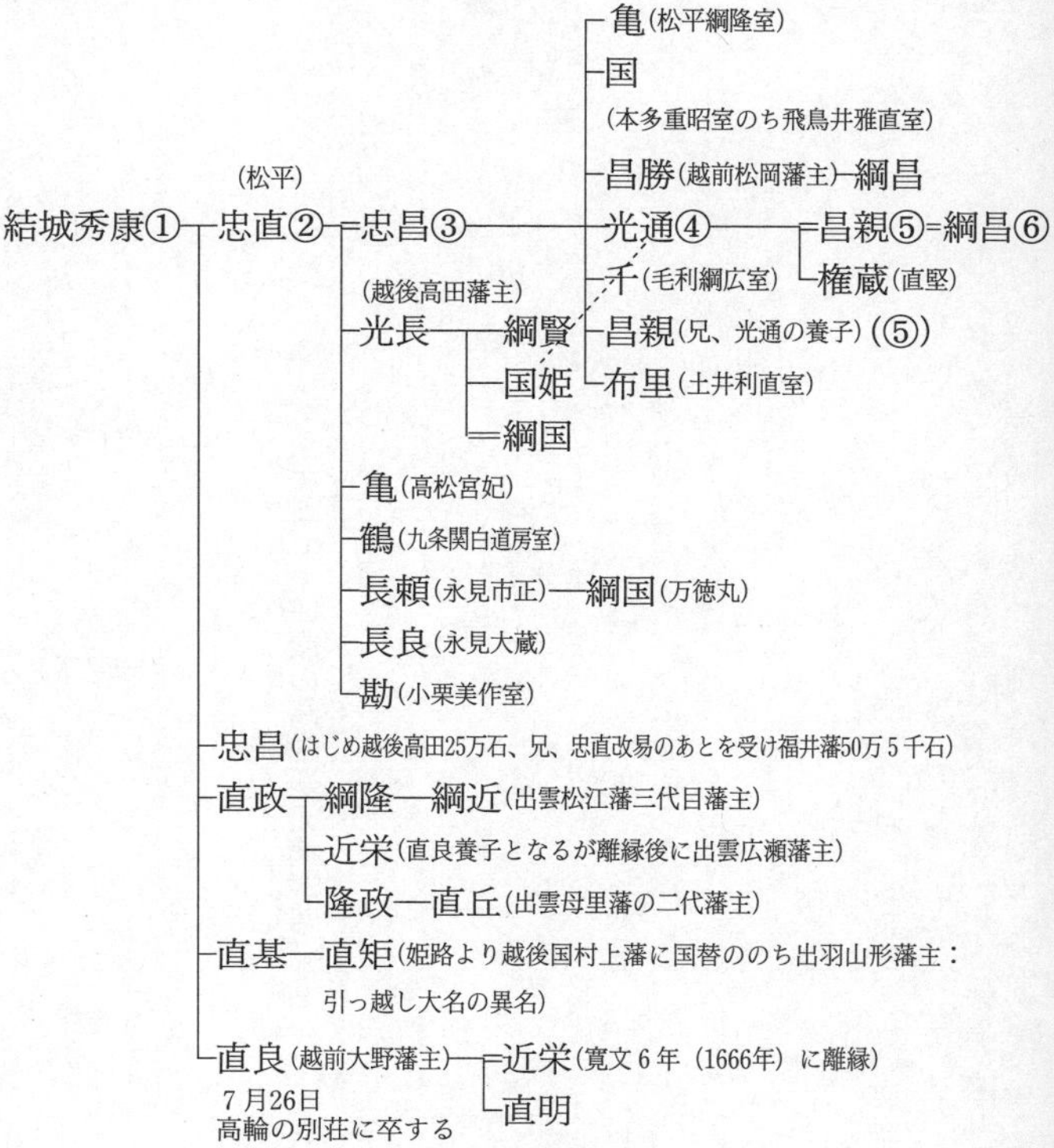


註：＝は養子関係。○数字は越前福井藩主の順を、------は夫婦関係を示す。

# 二転三転する祝言

## 1

江戸幕府においては、年に四回の更衣《ころもがえ》を制度化していた。

それによると、晩秋（九月）のとば口にあたる一日《ついたち》から、帷子《かたびら》（裏地なしの単衣《ひとえ》仕立て）を裏地付の袷衣《あわせ》に更衣するが、それもわずかに八日間のことで、九月九日からは綿入れ（表布と裏布の間に綿を入れた着物）に変わった。

庶民もまた、多くがこれにならっているが、越前大野藩《えちぜんおおのはん》の江戸詰で、御耳役《おみみやく》という特殊な役職にある落合勘兵衛《おちあいかんべえ》は、冬十月になっても、袷衣に無紋の羽織袴、あるいは白衣《びゃくえ》（着流し）で日夕を押し通していた。

江戸市中をくまなく歩き、市中のさまざまな噂に耳を傾ける御役柄や、ときには戦闘にも巻き込まれる可能性がある身としては、いかんせん、綿入れは、いささか敏捷さに欠けるきらいがあるためだ。

それより、なにより、いまだ二十二歳という若さが、少少の寒さにも堪《こた》え得たのであろうか。

しかし、はや冬も半ばの霜月《しもつき》（十一月）に入った。

その朔日《ついたち》の朝は、日日欠かさない庭での真剣稽古で、勘兵衛の吐く息が白かった。

それもそのはず、すでに五日前には小雪《しょうせつ》の節気を過ぎている。

「そろそろ、旦那さま……」

当時の武家としては珍しく、想い、想われの婚姻を結んで、ようやく一年が過ぎたばかりの妻女の園枝《そのえ》の強い勧めもあって、

（もはや、やせ我慢もこれまでであろう）

勘兵衛は、先日来、せっせと愛妻が綿をつめていた綿入れに袖を通し、いつになく、九曜の落合家家紋の羽織を着用して、五ツ半（午前九時）を過ぎたころに、露月町《ろげつちょう》裏通りにある町宿《ちょうしゆく》（江戸屋敷外部に与えられた住居）を出た。

名目としては江戸詰ながら、十八歳の秋に江戸に出て以来、足かけ四年を越えた勘兵衛は、もはや江戸定府《じょうふ》というに等しかった。

そして、直属の上司となった江戸留守居役の松田与左衛門《まつだよざえもん》の思惑もあって、愛宕下《あたごした》にある江戸上屋敷の長屋住まいを経験することもなく、町宿を許されているのである。

その露月町裏の町宿から、江戸屋敷まではわずかに三町（三〇〇メートル）ばかり――。

勘兵衛が、その日わざわざ、めったにはつけない家紋入りの羽織をまとい、これまた久方ぶりに白足袋をつけたのには、わけがある。

履物は、このところ愛用している二枚重ねに、白皮二石緒《にこくお》の草履《ぞうり》といういでたちであった。

というのも、江戸在府中の大名や将軍家御目見《おめみえ》以上の家臣たちが、総登城する式日《しきじつ》はいろいろとあるが、毎月一日と十五日と二十八日は、月次《つきなみ》御礼の日と定められている。

すなわち、在府中の諸大名や旗本たちが、江戸城に総登城して、将軍に御目見する行事の日であり、こういった年中行事の日を式日ともいった。

ただし正月一日は年頭の挨拶に重なり、八月一日は八朔《はっさく》の行事と重なるため、さらには三月一日は上巳《じょうし》（三月三日の節句）に近いため、また六月十五日は、嘉祥《かじょう》（六月十六日に将軍から菓子を賜わる行事）に近いために、また七月十五日も例外として月次御礼はおこなわれなかった。

さて毎月二十八日の月次御礼については、神君家康《いえやす》公が三河《みかわ》にいた際に、遠方の家臣が檀那寺《だんなでら》へ参詣する日にあたり、併せて主君家康への挨拶もおこなったという由来によるものである。

これは翌月一日の月次御礼ときわめて時日も近いため、時代が下《くだ》るにつけ、だんだんと廃されることになるのだが、まだ延宝《えんぽう》（一六七三〜八〇）のこの時代は、厳格に遂行されているところであった。

いずれにせよ、月末二十八日そして翌月一日は、それほどの日をおかずして大名、旗本たちは、それぞれに、それなりの供揃えの行列を仕立てて、五ツ（午前八時）までには総登城をしなければならない。

また、そんな行列風景を見物しようという、八《はっ》つあん熊《くま》さんの類《たぐい》や、堂社物詣《どうしゃものもうで》（江戸観光）の者たちも街角に多数出て、毎月の一日と十五日、そして二十八日の朝方は、てんやわんやの混雑ぶりを呈したものだ。

勘兵衛は、いまだ、そのような行列に同行したことはない。

だが聞くところによれば、大名や役高五百石以上の役人に高家《こうけ》や交替寄合《こうたいよりあい》など〈乗輿《じょうよ》以上〉の資格があるものは、大手下乗門（大手三ノ門）あたりまで駕籠《かご》、あるいは乗馬のまま入れるが、それ以外は〈下馬〉の立て札がある大手門で馬を下りなければならず、そこから先は、それぞれの格によって、わずかな供連れの人数が、事細かに制限されている。

しかし――。

それは、あくまで通常の場合である。

大名や御目見を許された資格者の家臣たちが、一堂ならぬ江戸城に蝟集《いしゅう》してくる式日ともなれば、様相は一変する。

臨時に大手門より外側の、鍛冶橋《かじばし》、呉服橋《ごふくばし》、常盤橋《ときわばし》あたりで下馬となり、城内には入れない家臣たちは、大手御門前の広場で主君が下城してくるのを待つことになる。

それを目当てに、茶や甘酒、蕎麦や稲荷寿司などの屋台商人たちも集まってきて、それこそ大手門前の混雑ぶりは、聞きしにまさるものがあると聞く。

さて落合勘兵衛の主君である松平直良《まつだいらなおよし》は、七十四歳という高齢のこともあり、また昨年に国帰りした折に病を得て、この春の参府が能《あた》わず、病が癒えたのちも国表で養生をして、ようやく先月も半ば近くになって、参府してきたばかりであった。

そういった事情もあり、幕閣に届けを出し、十月二十八日の月次御礼の式日には欠席したが、本日一日には、久方ぶりの登城をしている。

そんなわけで、場合によっては行事をすませて戻ってくる主君と顔を合わせる機会もないではない。

上下《かみしも》までとはいかぬまでも、勘兵衛が、それなりの正装をして町宿を出たのは、そのような事情があったからである。

## 2

この半月ばかり、勘兵衛は二勤一休で露月町裏の町宿から愛宕下江戸屋敷の、江戸留守居役の役宅へ出仕する道筋以外は、いっさいの寄り道をせずに通していた。

休みの日は、日がな一日、町宿にあって妻の園枝と過ごしている。

珍しいことであった。

もちろん、わけがある。

勘兵衛には、前世からの宿縁かとさえ思える天敵のような人物がいた。

それは、元越前大野藩で郡奉行《こおりぶぎよう》を務めていた山路帯刀《やまじたてわき》の嫡男で、山路亥之助《いのすけ》という人物である。

その亥之助は、少年時代から年下の勘兵衛を目の敵《かたき》にしていて、故郷の清滝社《きよたきしや》に勘兵衛を呼び出し、数を頼んで乱暴狼藉を働いたこともあった。

また亥之助の父は、郡方《こおりかた》であった勘兵衛の父、孫兵衛《まごべえ》の上司にあたり、ときの国家老小泉権大夫《こいずみごんだゆう》の手足となって、大野藩所有の面谷《おもたに》銅山での不正に手を染めていた。

そして、あることをきっかけに勘兵衛の父は、銅山不正を察知して怪しみはじめた。

その動きに気づいた亥之助の父は、逆に孫兵衛に無辜《むこ》の罪をなすりつけ、捕縛された孫兵衛は、あわや切腹は免れたものの、郡方の職を解かれて無役となり、七十石の俸禄を半減させられ、屋敷も移され、一家で貧苦にあえいだ時代もあった。

だが、やがて銅山不正は明るみに出て、山路帯刀は目付衆の捕り方と闘争して斬り死に、一子亥之助たちは、からくも故郷から逐電《ちくでん》した。

江戸に逃げた亥之助一統には、藩から討手《うって》が出たが、それとは別に、勘兵衛には、若殿である直明《なおあきら》から出府の命《めい》が下った。

その勘兵衛を待っていたのが、討手とは別に亥之助を討ち取れ、との若殿の密命であったのだ。

思えば、亥之助との悪縁は、このときにはじまったのかもしれないし、今、こうして勘兵衛が御耳役という役を得て、今日にいたっているのも、山路亥之助という人物を抜きにしては語れない。

以降の山路亥之助と勘兵衛との奇《く》しき悪縁を、ここにあれこれ書き述べる余裕もないが、亥之助は、熊鷲三太夫《くまわしさんだゆう》と変名して、大和郡山藩支藩《やまとこおりやまはんしはん》（大和郡山新田《しんでん》藩とも呼ぶ）の後ろ盾を得て、同本藩の当主、本多中務大輔政長《ほんだなかつかさたいふまさなが》を暗殺せんとする、暗殺団の首魁になっていた。

　これは、九・六騒動とも呼ばれた、大和郡山藩にて長く長く続いた御家騒動の結果であったが、その根源は古く、もう四十年近くも昔の寛永《かんえい》十五年（一六三八）に端を発する。

　その年の十一月、播磨姫路《はりまひめじ》藩十五万石の二代藩主であった本多甲斐守政朝《かいのかみまさとも》は、三十九歳の若さで病没した。

　このとき、嫡男の政長（勘右衛門《かんえもん》）は六歳、そして次男の政信《まさのぶ》（七幡次郎《ななはたじろう》）は五歳と幼少であった。

　そして本多平八郎忠勝《へいはちろうただかつ》を祖とし、武勇で鳴る本多宗家には、馬の乗り降りが自在でない者は領主になれぬ、という不文律のような掟《おきて》があった。

　そこで余命幾ばくもないと覚った二代藩主の政朝は、従弟《いとこ》であった姫路新田《しんでん》藩四万石の本多内記政勝《ないきまさかつ》を呼び寄せ、宗家嫡男の政長が元服後には所領を返還するという約束で、一時的に藩政を政勝に預けることにした。

　このことは幕閣にも届けられ、翌寛永十六年四月、内記政勝は老中酒井雅楽頭《さかいうたのかみ》の屋敷に召し出され、阿部豊後守《あべぶんごのかみ》、堀田加賀守《ほったかがのかみ》、松平伊豆守《まつだいらいずのかみ》列座のうえで――。

――政勝に甲斐守家督十五万石を預けおかれるゆえ、和州郡山に所替えを命ずる。かつ、これまで政勝の領地であった四万石も預けおき、和州の内に替地を下される。

との幕命を受けた。

このとき二十六歳だった政勝は、一躍十九万石の領主にのし上がったのである。

こうして大和郡山へ移った政勝は、嫡男の勝行《かつゆき》に元の所領の四万石を譲ったが、その勝行は慶安《けいあん》三年（一六五〇）に、十六歳で死去している。

それで、大和郡山にて生をうけた次男の政利《まさとし》が政勝の嫡男となったのであるが、このころより政勝の内には、勃然として、我が預かりの領地を本家に返すことなく、我が子の政利に、そっくり譲り渡したいもの、との欲心に捕らわれた。

そこで政勝は、ときの筆頭老中であった酒井雅楽頭に大いに近づき、大枚の賄賂をもって、工作に余念がない。

そして政利が十五歳になるのを待ち、元服させて従五位《じゅごい》出雲守《いずものかみ》の官位を得た。

一方、本家筋の政長、政信の兄弟は、大和郡山城内に五、六人の近習をつけて、まるで押し込め同然、両人とも政利より年長なのにもかかわらず、一向に元服の沙汰もなく、他行《たぎょう》さえままならぬ状態であった。

そんな状況に、本家譜代《ふだい》筋は、さすがに立腹してひと騒ぎがはじまったが、政勝は、両兄弟を自分の養子として、長男が亡くなって浮いた四万石の内から、政長に三万石、政信に一万石の部屋《へや》住《ずみ》領を与え、

――御譜代方の申し分ももっともなれど、政長は病弱ゆえ、もし家督を譲って早世でもいたせば、知行高は削られ藩としても迷惑をこうむるゆえ、いましばらくは自分が政務を執るが、一日も早く本家嫡家に相続させるよう努力しよう。

と、甘言を弄《ろう》して、その場逃れをする一方で、実子政利には酒井老中の伝手《つて》で、徳川御三家のひとつ水戸《みと》家より、徳川光国《とくがわみつくに》（のち光圀）の妹の布利子《ふりこ》姫を正室に迎えて、磐石《ばんじゃく》の体制を整えていった。

一方――。

その当時は、いまだ戦国の世の戦闘に次ぐ戦闘の余燼《よじん》が、記憶に新しい時代であった。

その戦国の時代にあっては、謀略、下剋上《げこくじょう》、裏切り、暗殺などは日常茶飯のことであったから、いっそ、本家の両兄弟を抹殺してしまえば、事《こと》足れり――と政勝は考えたにちがいない。

当然のことに幼君を擁する本家譜代方の家臣たちも、おさおさ用心に怠りなく、ま

さに死力を尽くして守りに徹する。

こうして幾たびかの危機を、薄氷を踏む思いで何度も逃れてきた両兄弟であったが、ついに寛文《かんぶん》二年（一六六二）四月に宴が張られた折、兄の政長は食事に箸をつけずに危うくも難を免れたが、弟の政信は毒を飼われて、ついに婚姻もなさずに二十九歳の若さで頓死した。

そのとき使用された毒薬は、唐《から》渡りの猛毒、芫青《げんせい》であったらしい。

その政信の末期《まつご》養子として、政勝の三男の政貞《まささだ》が入って、一万石の所領は、政貞の手に移っている。

この毒殺事件によって、本家譜代衆は再び硬化して対立は深まったが、本来が分家筋の政勝一派は、水戸家の威勢、酒井家の権勢を背景に、大過なく命脈を繋いでいた。

そんななか、寛文十一年（一六七一）十月、本多政勝が江戸にて病没した。

こうして跡目相続に関して、いよいよ本家と分家の家中を二分しての争いは、火に油を注いだごとくの激烈なものとなり、ついに幕閣が、その調停に乗り出すことになったのである。

当然のことに、すでに大老職に昇進していた酒井雅楽頭忠清《ただきよ》は、政勝との生前の約束どおり、すんなり出雲守政利に相続を許す心づもりであったのだが——。

いかんせん、幕閣では実は政長こそが、忠勝系本多家の五代目の宗家であることは知っている。

つまりは分家が本家を乗っ取るというかたちになることは、誰の目にも明らかで、こればかりは酒井大老の権勢をもってしても、いかんともしがたかった。

そして政勝死没の年の十二月二十八日、江戸城黒書院にて幕閣諸侯列座のうちに、ついに台命《たいめい》が伝えられた。

曰《いわ》く——。

——故大内記《だいないき》政勝の家督十五万石のうちの九万石は中務大輔政長へ、六万石は出雲守政利へ下しおかれる。

これが、いわゆる〈九・六騒動〉とも呼ばれることになった御家騒動の結末である。

だが、しかし——。

台命が下ってもなお、政長は容易に首を縦には振らなかった。

それもそのはず、自分が正統に相続するは十五万石のはずであったからだ。

そのとき、列座の老中、阿部豊後守が、こう発言した。

——政長どの、そなたには九万石ならびに、これまでのお部屋住領三万石を加えて、十二万石を下しおかれるのであるから、重重結構なる首尾であるゆえ、御請《う》け然るべきでござろう。

それを聞いて初めて、政長は答えた。

——畏《かしこ》まり候。

と——。

つまりは、分家に三万石を簒奪《さんだつ》されたかたちではあるが、そこらが落としどころであろう、と政長は、ならぬ堪忍を覚悟したのであろう。

以上、いささかの紙幅を割いたが、大和郡山の御家騒動の概略はご理解願えたと思う。

というのも、これで騒動が決着したかというと、そうはいかなかったからだ。

黒書院での台命から、すでに、まる六年の月日が流れているが、いまだ、この騒動は水面下で続いている。

と、かく語る今は、というと延宝五年（一六七七）の十一月だ。

片やの本多出雲守政利は、十五万石をまるまる相続できるものと確信していたから、この裁決に大いなる不満を抱いている。

おまけに、この政利という人物は、偏頗《へんぱ》というか、一種の奇峭《きしょう》な性格の持ち主で、現代でいうならストーカーのような執拗極まりない性分のひとであった。

それで一途《いちず》に、大和郡山藩本藩の政長を亡き者にすれば、領地がそっくり自分の手元に戻ってくると信じ込んでいる。

それで、秘かに暗殺団を結成して、いまだ政長暗殺の密謀をめぐらせ続けていた。

そして、これより一年半後の延宝七年（一六七九）四月、ついに政長の暗殺に成功するのであった。

それゆえ、この物語において、大和郡山の御家騒動の概略を整理し直したのには、そういった事情があるからだ。

諒、とされれば幸いである。

3

さて、そもそも、落合勘兵衛が江戸に出てきたきっかけも、本多政長を狙う暗殺団の首魁が、山路亥之助であったことも、すでに述べた。

そのことで勘兵衛は、自分でも意図せぬうちに、本来なら他家である大和郡山藩の争いに巻き込まれ、それが縁となって、実弟の藤次郎《とうじろう》は大和郡山藩本藩に仕官が決まり、目付見習いの職にあった。

ところで、勘兵衛と亥之助の宿縁は、単に、そういったものだけではなかった。

というのも亥之助は、故郷の越前大野に残してきた、母や妹のその後の消息を探るべく、さらには、父を討ったお偉方の一人や二人はぶった斬るつもりで、秘かに故郷の越前大野に潜入したことがあった。

結果、早くもその事実を察知した目付格の塩川重兵衛《しおかわじゅうべえ》と土布子《つちふご》村で闘い、互いに傷を負って亥之助は九頭竜《くずりゅう》川に落ちて流された。

その亥之助は九死に一生を得たが、塩川重兵衛のほうは、そのときの傷が元で還らぬ人となった。

ところで、この塩川重兵衛は越前大野藩大目付である塩川益右衛門《ますえもん》の嫡男であり、園枝の実兄に当たる。

それで亥之助は、勘兵衛が園枝と婚姻を結んだその日より、ただの天敵というだけではなく、義兄の敵《かたき》ともなったのだ。

折も折、先月十二日の夜のことだ。

勘兵衛は、上司、松田与左衛門の手元役を務める平川武太夫《ひらかわぶだゆう》と、老中稲葉《いなば》家の小納戸《こなんど》役の娘、里美《さとみ》との縁談のもつれの解決のため、深川の蛤《はまぐり》稲荷《いなり》(のち佐賀神社)まで出かける折があった。

そして偶然にも、その近辺に山路亥之助が潜伏していることを知った。

この好機を見逃すことはない。

とっさに決断した勘兵衛は、故百笑火風斎《どうめきかふうさい》より伝授された秘剣〈残月の剣〉をもって、亥之助を倒した。

亥之助との、長きにわたる確執は、突然に終焉を迎えたわけだ。

一方、暗殺団の首魁、熊鷲三太夫こと山路亥之助の動向を監視していた勘兵衛の弟、藤次郎とその仲間たちは、これを好機ととらえ、本藩江戸目付衆を動員して、その夜も明けないうちに、白壁町《しらかべちょう》にあった暗殺団の本拠地を急襲して、一味を殲滅《せんめつ》した。

さて、深川・蛤稲荷境内に転がっていた二人の斬殺体（亥之助と、その手下の条吉《じょうきち》）、さらには神田白壁町の町並屋敷内で発見された五人の侍の斬殺体——と、続けざまに起こった怪事件は、当然のことながら江戸市民の間に大きな噂となって、さまざまな憶測を呼んだ。

さらには追い打ちをかけるようにして、深川・蛤稲荷裏の〈蛤小路〉と呼ばれる岡場所に、近ごろでは珍しくも町奉行所の〈けいどう〉がかかった。

〈けいどう〉とは警動などとも書いて、賭場《とば》や私娼窟への不意の手入れのことを指す。

さて、それぞれの因果関係は……？

江戸市民の多くは、その判じ物に大きく興味を覚えたようだが――。

人の噂も七十五日、というが、わずかに半月とは経たずして、急速に、それら一連の事件についての噂や憶測は、まるで嘘のようにしぼみはじめているようだ。

おそらくは裏で、なにか大きな力が働いたのかもしれない。

いずれにせよ、藩内においても、江戸町奉行所に対しても、仇討ちの届けなど出していない勘兵衛としては、大っぴらに、義兄の敵を討った、などとは口に出せないし、また言う気もない。

ただ、上司の松田与左衛門だけには報告して、亥之助を斃《たお》したことなど、若党の新《にい》高八次郎《たかはちじろう》さえ知るよしもないのを幸いに、妻の園枝にさえ、その事実を話してはいない。

それればかりではなく、永らくの天敵とも思えた亥之助を屠《ほふ》り去って、勘兵衛は高揚を得るどころか、むしろ、虚無感を覚えて、どこかぽっかりと心に穴が空いたような心地さえしている。

御耳役という役目柄《がら》、町から町へと飛びまわっていた勘兵衛が、その日以来、露月町裏の町宿と、愛宕下の江戸屋敷とを往復する以外、どこにも立ち寄らないのは、あくまで用心のためで、目立たず、ひそかになりを潜めているのであった。

# 4

「ほう、きょうは珍しくも紋付か」

御耳役という職業柄、いつもなら無紋の羽織や十徳《じっとく》姿の勘兵衛を見てきているせいか、江戸留守居役の松田与左衛門は、御用部屋へ入ってきた勘兵衛に、まず、そう言った。

「は。大殿さまには、久方ぶりの御登城でございますゆえ」

「そうじゃなあ。がちがちなお方ゆえ、口には出さずに突っ張っておられるが、めっきりと弱られたご様子ゆえ、心配といえば心配……」

と、松田は、そこで口を閉ざし、ふと話題を変えてきた。

「ところで、例の蛤稲荷と白壁町の件なあ」

「なにごとかございましたか」

「ふむ。それとなく探りを入れておいたのじゃが、七つの亡骸《なきがら》とも、ついに身許は特定能《あた》わず、いずれもが無縁仏として処理されたようじゃ」

「さようでございますか」

「ふむ。亥之助が逗留していたのは、本多出雲御用の船宿、［よしのや］楢七《ならしち》の寮（別荘）であるし、白壁町の町並屋敷は、元はといえば、本多出雲のお抱え絵師が住んでいたところ……。それでもなお、本多出雲としては、知らぬ存ぜぬを無理にも通さねばならなかった、ということになるかの」

「…………」

つまりは、大和郡山藩支藩では、暗殺団の存在を隠し通し、かつ打ち捨てた、ということになる。

（そうか。無縁仏……か）

改めてのように、勘兵衛の心は湿る。

松田は続けた。

「おそらく本多出雲にすれば、一連のことは本藩の仕業と考えるにちがいなく、されば、おまえに累が及ぶことはなかろう」

「それは、それで、心配の種は尽きません」

しばらくは、なりを潜めるにしても、本多出雲守政利の性格を考えると、いずれは苛烈《かれつ》な反撃に出るであろう。

と、なれば……。

と、勘兵衛は弟の藤次郎や、藤次郎とともに行動している、日高信義《ひだかのぶよし》や清瀬拓蔵《きよせたくぞう》らの身を案ずるのであった。

「それは、それとしてじゃ」

「は」

「権蔵《ごんぞう》の件も、いよいよ二日後に迫ったなあ」

「そうで、ございますな」

松田が権蔵と呼ぶのは、先々代の福井藩主であった松平光通《みつみち》の隠し子であったが、御家の事情から身に危険を覚え、福井を出奔《しゅっぽん》して大叔父にあたる松平直良を頼り、しばし、この愛宕下の越前大野藩上屋敷に匿《かくま》われていた人物だ。

そして二年前、権蔵は幕閣において越前松平家の一員として認知され、四代将軍家《いえ》綱《つな》にも拝謁して、官位も与えられ松平備中守《びっちゅうのかみ》直堅《なおかた》と名も変えた。

とはいっても、幕府から下されたのは、わずかに五百俵の捨て扶持のみで、行きがかり上、越前大野藩が金を出し、西久保神谷町《かみやちょう》に借り屋敷して、どうにか体裁だけは整えた。

そこに権蔵こそが、越前福井藩の正統なる後継者と信じ、脱藩して集まってきた士が五十人近く――。

こうして新家は立てられたが、まさに赤貧洗うがごとき経済状態にあった。

だが昨年の秋には、五百俵の捨て扶持は十倍増の五千俵の合力米《ごうりきまい》に引き上げられ、松平直堅家も、ようやく一息がついていた。

さらに今年になって、本来なら徳川御三家に次ぐ越前松平家の直堅が、五千俵の旗本並では、やはりまずかろう、との意見が出て、せめて一万石の大名くらいには、と一時決まりかけた。

ところが、直堅を敵視する、越前松平家宗家である越後高田《えちごたかだ》の領主、松平光長《みつなが》と気脈を通ずる酒井大老が容喙《ようかい》して、松平直堅は領地なし、拝領屋敷なしの、一万石の合力米、すなわち、ぎりぎり大名並として扱われることになったようだ。

そして、その正式な上意下達が、明後日の十一月三日に下されるはずであった。

「ま、よほどのことがないかぎり、まちがいはないと思うがな」

松田が言い、勘兵衛もうなずいた。

すでに松平直堅家でも、大名並になった場合のことを考え、その後の体制を整えつつあった。

まず家老職には、永見吉兼《ながみよしかね》、この人物は権蔵を隠し子として預かった、福井藩元家老の永見吉次《よしつぐ》の身内であったから、その家格からして当然の人事であっただろう。

そして、思わぬ縁から、勘兵衛の浅草猿屋町《さるやちょう》の町宿時代に、長らく居候をしていた比企藤四郎《ひきとうしろう》は、用人（留守居役）に、と決まったようだ。

その比企藤四郎に、勘兵衛は、この八月、ある事情があって国表から江戸に連れてきた縣小太郎《あがたこたろう》の仕官を頼んでいた。

（いよいよだな）

比企藤四郎は、勘兵衛の依頼を快く引き受けてくれたが――。

――どちらにしても、一万俵と決まれば、いやでも家士を増やさねばならぬからな。ただ、正式の仕官は、先ほども言ったように十一月三日過ぎ、めでたく一万俵と決まってからのことにしたいが、それでかまわぬか。

との、ただし付の返事であった。

（と、なると……）

いよいよ、縣小太郎の仕官が決まるのも、間近であるな――。

と、勘兵衛の胸は期待にふくらむ。

ところが松田はというと――。

「一万俵といえば、一万石に匹敵する。となると、権蔵のところの内証《ないしょう》向きも、ずいぶんと楽になるであろうな」

「そうでございましょうな」

「さればじゃ。そろそろ、これまでに何やかやと立て替えておる金子《きんす》も、少しずつでも返してもらわねばならぬぞ」

「は、はあ……」

えらく、現実的なことを松田が口にしたのに、思わず勘兵衛は、あきれたような声をあげた。

総額がいかほどになるかは、勘兵衛は知らないが、松平直堅が、西久保神谷町に借り屋敷するときにも、その後も、なにやかや、物心両面でこれまで直堅を支えてきたのは事実である。

あきれたような調子を出した勘兵衛を、松田はぎろりと睨み、

「決して、吝嗇《りんしょく》で言っておるのではない。おまえは知らぬだろうが、今や、我が藩の財政は、危機に陥りつつある」

「まことで、ございますか」

「うむ。先の、長きにわたる飛び領の不正も影響しておるが、なによりも、ほれ、この秋にようやく完成した御領村、弥四郎谷《やしろうだに》の新銅山の開発費用に、思いのほかの懸かりがあってのう」

「そうなのですか」

「そうなのだ。つい先日に国表より到着した書状によると、西方領《にしかたりょう》新保浦《しんぽうら》の網元の相木惣兵衛《あいぎそうべえ》より、津田《つだ》家老の名で三十五貫の借銀をしたそうだ」

この津田家老というのは、越前大野藩、というより松平直良家にとっては特別の家である。

津田家の祖は、織田信長《おだのぶなが》の叔父にあたる犬山城主の織田信康《のぶやす》で、その嫡男の信清《のぶきよ》は信長に反旗を翻したが落城、甲斐に逃亡して、織田姓を捨て津田姓を名乗った。

その後に二代将軍の秀忠《ひでただ》夫人（淀《よど》どのの妹）の口利きで、織田信康の裔《すえ》の津田信益《のぶます》が越前松平家に預けられる、という有為転変《ういてんぺん》ののち、信益の長女の奈和子《なわこ》が、越前福井藩、初代藩主であった松平（結城《ゆうき》）秀康《ひでやす》の側室となって、松平直良の生母となった。

それゆえ津田家は、大殿の直良にとっては母方の生家にあたる。

その縁で、直良にとっては母方の伯父にあたる奈和子の兄には松平直良家の大名分、弟の叔父には代代の家老分、が約束されたのである。

そして今は両家とも大野城二の丸に館を与えられており、大名分のほうが津田富信《とみのぶ》、家老分のほうが津田信澄《のぶすみ》（のち勘解由《かげゆ》）といった。

ちなみに、のちのち、若殿の松平直明が当主のとき、越前大野から播磨国の明石《あかし》へと国替えがあるが、津田家もこれに従い、いつしか、元の織田姓に戻って、幕末維新に至るまで、代代が明石藩の家老格を務めることになる。

さらに筆を延ばすならば、現代のJR明石駅北側にある明石城公園の南には、船上《ふなげ》城址付近にあった侍屋敷から移築された、織田家長屋門が、明石市の指定文化財として現存している。

ところで、借財のことだ。

「そんなに……」

と、思わず勘兵衛はつぶやいた。

銀六十匁《もんめ》が、およそ一両にあたるから、銀三十五貫というと、ざっと五百八十両を超える借金に相当する。

「ま、とはいえ、新銅山が順調に稼働しさえすれば、なんということもないわ。なにしろ福井藩など、借銀の累計が、なんと二万貫を超えて、いよいよ手元不如意となり、この正月から、家士に四分の減知を申し渡したそうな。それに比べれば、借財とはいえ微微たるものじゃ」

四分の減知というと、例えば百石取りの勘兵衛なら、六十石に減らされるということだ。

（ううむ……）

それはたいへんなことだ、と思いはしても、実のところ勘兵衛には、その実感はない。

役得というべきか、必要経費は湯水のように湧いて出て、御耳役について以来、実のところ金に困窮した覚えはなかった。

## 5

いつもは事務繁多の松田も、この日は忙中閑あり、といった様子で、勘兵衛も手伝ったせいか、ほぼ午前のうちに、さしあたっての業務は片づいた。

松田が言う。

「こんな日も珍しい。できれば、おまえと、ちょいと遊行《ゆうこう》でもしたいところじゃが、久方ぶりに月次御礼に出られた大殿を待たねばならぬ。ま、昼餉《ひるげ》でも共にして、あとは、園枝どのとしんねことといたせ」

もう、すっかり松田のおひゃらかしには馴れている勘兵衛は、

「されば、早めに戻りまして、しんねこさせていただくことにいたしましょうが、は

て、ところで国帰りいたしました平川さまや里美どのの、その後のことについては、なにも知らせはございませんか」

「や……！」

松田は、にわかに身を乗り出して、

「いやいや。肝心なことを言い忘れておったわい。昨日に届いた書状のうちに、陣八《じんぱち》からの知らせも入っておった。それを、すっかり言い忘れておったなあ。ずいぶんとおまえにも働いてもろうたに、すまぬ、すまぬ。いよいよわしも耄碌《もうろく》したものよ」

松田の手元役を務める平川武太夫には、老中の稲葉家小納戸役の矢木策右衛門《やぎさくえもん》の娘御、里美との縁談が進んでいたのだが――。

その里美には、勝手に横恋慕してつきまとう、たちの悪い男がいた。

その男というのが、先にも書いた町奉行所の〈けいどう〉にかかって捕らえられた岡場所〈蛤小路〉を仕切る〈六阿弥陀《ろくあみだ》の喜平《きへい》〉の異名をとるやくざ者であったのだ。

ストーカーと化した喜平に対して、それまで無視を続けてきた里美は勇気をふるい、縁談が整ったゆえ、以後は金輪際、つけまわしは無用、と腐れ縁を断とうとしたのだが――。

鉄面皮の喜平は、にやりと笑って、逆に脅しをかけてきたという。

——前にも、地獄の底まで追いかけると言っただろう。おめえさんが、どこのどなたと再婚しようと、俺があきらめるわけはねえ。せいぜい、新しい亭主の身の無事を祈っておくことだな。

その時点で、里美の父母も、もちろん勘兵衛にしても、喜平の居所というのをつかみきれていなかった。

そこで、万々一のことも考え、平川と里美の祝言は国表の越前大野にて執り行ない、そのまま来春まで留め置く、という策に出た。

二人の媒酌人は、松田の用人である新高陣八であったから、彼らが江戸を離れて越前大野に旅立ったのは、先月も五日のことであった。

松田が、確かめるように言う。

「平川らが、無事に国表に着いた、ということは、話したかな」

「いえ」

「そのはずじゃ。なにごとかあれば話したであろうが、無事があたりまえゆえ、耳には入れなかったのだろう。ま、とりあえずは陣八より恙《つつが》なく到着、との報告があり、わしはわしで陣八に、かの毒虫の喜平は、町奉行所に捕らえられ、いまだ裁きは決まらぬが、よくて遠島、死罪もあり得る、との書状を送るとともに、おまえが山路亥之助を討ち取ったることも書き、おまえの父御どのに、塩川どの、それから伊波《いなみ》どののお三方に、そっと耳打ちしておいてくれ、ともつけくわえておいたのだ」

「さようでございましたか」

御奏者役の伊波仙右衛門《せんえもん》にも知らせたのは、亥之助との闘争で命を落とした塩川重兵衛の妻女が、今は実家に戻っているが、仙右衛門の娘の滝《たき》であったからだ。

（ということは、隠すより顕われる、という口だな）

勘兵衛は、妻の園枝にさえ、そのことを告げてはいなかったが、園枝は、大目付職にある塩川益右衛門の娘であったから、いずれは、その耳に入ることになるのだろう。

松田が続ける。

「陣八によると、そうか、婿どのが伜の仇を取ってくれたか、と、とりわけ、お舅《しゅうと》どのは喜ばれたよし。そして、子細は定かではないが、いずれ、平川武太夫の婚礼に関わってのことであろう、と言われたそうで、平川の祝言の諸事万端、よろしければ当家にて算段をさせていただこう、と申し出られたそうだ」

「ははあ、さようで……」

「そこで陣八め図に乗って、拙者がお二方の媒酌人となっておりますが、本来なら媒酌人は夫婦揃ってが本筋、また、わしの不便も考慮すれば、一日も早く江戸へ戻りたいもので、と願ったところ、お舅どのには快諾なされ、されば、媒酌人の儀、我が用人夫妻に務めさせよう、ということになったらしいぞ」

「と、言いますと、榊原清訓《さかきばらきよのり》ご夫妻が……」

「そういうことじゃ」

「ははあ」

なんということはない。露月町の町宿で園枝の付き女中をしている、ひさのご両親であった。

「ということになりますと、新高陣八どのは……?」

勘兵衛の若党、八次郎の父であり、八次郎の兄の八郎太《はちろうた》は、松田の若党であった。

「ふむ。もう、とっくに大野を出たであろうから、まもなく戻ってまいろう」

(そういうことになっているのか)

思えば平川武太夫の縁談は、その当初から変転極まりないものがあったが、まさに二転三転して、ようやく落ち着いたようである。

# 二度あることは三度ある

## 1

大殿の帰着を待つこともなく勘兵衛は、松田とともに昼餉を食したのち、町宿に戻った。

立板塀で吹き抜け門になっているのをくぐり、庇下の石畳に立って、片開きの引き戸を開けて、勘兵衛は目を瞠《みは》った。

(なんだ？　こりゃ)

土間の片隅に筵《むしろ》が敷かれ、その上に四斗樽《しとだる》が、でんと鎮座している。

確かめるまでもなく酒樽で、下《くだ》り酒の〈剣菱《けんびし》〉と一目でわかる。

「八次郎、おるか」

目をひん剝いたまま、若党を呼ぶと、すぐ玄関脇の控えの間から八次郎が飛び出してきた。

「あ、お早いお戻りで……」

「うむ。して、これはなんじゃ」

「はい。そのことでございますが、旦那さま、神田の……鍛冶町裏の薬師新道《やくしじんみち》にある小間物屋で、［吉野屋《よしのや》］というのをご存じですか」

「なに、［吉野屋］か」

覚えはある。

「なんですか、例の［高山《たかやま》道場］の裏手にある小間物屋だそうですが……」

「なるほど」

やはり、まちがいはない。

このところ、江戸の町では、おかしなものが二つ流行していた。

ひとつは伊勢踊りで、夜の四ツ（午後十時）が過ぎて町木戸が閉められたあと、あちこちの町でおびただしい数の高提灯が立てられて、木戸から木戸へと明け方まで、老若男女が踊り狂う。

それで禁止の町触れが出ると、次には大川に船で出て、同様の仕儀となる。

いまひとつは髪切りで、まずは下谷《したや》あたりで若い娘が元結《もとゆい》の際《きわ》から、ばっさりと黒髪を切り取られるという事件が多発した。

さらには、おそらくは現代でいう模倣犯であろうが、この髪切りは市ケ谷《いちがや》あたりでも多発して、ついには神田の紺屋町《こんやちょう》でも起こった。

そのときの被害者というのが、いずくかの大名屋敷に奉公に出ているという、お吉《きち》という娘で、たまたま薬師新道にある実家へ里帰りの途次を襲われたと知った。

その実家というのが、［吉野屋］藤八《とうはち》の家作である藤八長屋で、お吉は鋳掛屋《いかけや》の娘だという。

となれば、大名屋敷に奉公といっても、御女中とは考えにくい。

もし小女《こおんな》であれば……、と勘兵衛には思い当たるフシがあって、それとなく情報を得るために、小間物屋を営む［吉野屋］を訪れたものだ。

といって、小間物屋に入って、あれこれお吉のことばかり尋ねるのは憚《はばか》られる。

それで勘兵衛は園枝に、家紋入りの銀平《ぎんぴら》と呼ばれる銀製の平打ちの簪《かんざし》を買い求めることになったのだが、その際の藤八との世間話で、髪切りに遭ったお吉が、築地の稲葉美濃守《みののかみ》の下屋敷の小女であることを知った。

そのことで、それまで平川武太夫の縁談が、なにゆえか一向に前に進まないか、という障害の大元を知り得るきっかけとなったのである。

八次郎が言う。

「実は昼前のことですが、その［吉野屋］の番頭を名乗るお方が訪ねてまいりまして、主人の藤八が、旦那さまにご相談したいことがあると申しております。といって、突然にお訪ねするのもご迷惑になりましょうから、ご都合のよい日時をお知らせいただきたく、つきましては、ご挨拶代わりに、との口上《こうじよう》でございました」

「ふむ。それで、この四斗樽をか」

「はい。はたして受け取ったものかどうか、とも思いましたが、なにしろこの家の通りは車馬が禁じられているところ、それで酒屋の男衆《おとこし》二人が、うんうん言って運んできたものゆえ、無碍《むげ》に突き返すのもなんだと思い、とりあえずは、土間に預かるという次第になりました」

「ふうむ」

下り酒、剣菱の四斗樽となると、一両二分はする。

どのような相談かは知れないが、えらく張り込んだ挨拶ということになる。

なにより［吉野屋］の主人の藤八の人柄に、勘兵衛は好感を抱いていた。

おそらく元は武士だったのではないか、という印象も抱いている。

勘兵衛が求めた、九曜の家紋入り銀平の値は銀百二十匁《もんめ》。ちょいと気の利かない手代が――。

――ええと、二両一分二朱と五十文ということになりますが。

と、手早く計算したのを告げると、藤八は間髪《かんはつ》を入れずに、「二両ちょうどでよろしゅうございます」と値引きもしてくれた。

（そうか。あのとき本名も名乗り、［高山道場］に出入りしていることも話した……）

ならば、藤八が、この露月町の町宿を探しあてるのに、さしたる苦労はないはずであった。

「八次郎」

「はい」

「すまぬが、これから、その［吉野屋］に行ってな。明日は非番ゆえ、きょうこれからにても、また、明日にてもお会いいたしますほどにと言うて、藤八どのの都合を確かめてきてくれぬか」

（あの藤八が、はたして、どのような相談を……な）

このところ、おとなしくしていた勘兵衛には、そんな興味が湧いていた。

「わかりました。では、さっそくに……」

勘兵衛と入れ替わりに土間へ下りた八次郎は、

「それにしましても、こやつ、邪魔ですなあ」

と、つぶやく。

酒に弱く、ほとんど下戸《げこ》に近い八次郎には、邪魔なだけの存在だろうが、挨拶がわりの手みやげが菓子の類《たぐい》であったなら、おそらくは鼻歌くらいは出していたにちがいない。

園枝の手助けで、着替えをすませたのち、庭に面した八畳の部屋に入ると、園枝が茶を運んできた。

「ずいぶんと、寒うなりましたなあ」

「うむ、風邪など引かぬようにな」

「はい。旦那さまこそ」

園枝が丹精している庭では、侘助《わびすけ》が赤く小ぶりな花をつけている。

椿の一種で一重《ひとえ》の花を半開《はんかい》させるさまが、いかにも遠慮深そうだが、秀吉が朝鮮を攻めた際に、侘助という男が、かの地から持ち帰ったのが、その名の由来だという。

「ところで、土間の酒樽でございますが」

「ふむ」

やはり、園枝も気になっているようだ。

「［吉野屋］という小間物屋が持参したと聞きましたが、もしや、先日に旦那さまから頂戴いたしました簪の……」

「そうそう。あの品を求めた小間物屋だよ」

「では、旦那さまへのご相談とは、いったいなんでありましょうなあ。もしや、あの簪についてでありましょうか」

やや眉を曇らせるような表情で、園枝は言う。

（ふうむ……？）

四斗樽の下り酒を運んできたくらいだから、あの銀平に、なにかの瑕疵《かし》でもあったか、それとも、なんらかの不都合でもあったか……。

つまりは、侘びの品とも考えられる。

「さて、一向に見当がつかぬ。なんであろうなあ」

首をひねったものだが、ま、それはそのときのこととして――。

きょう、上司の松田から聞いた、故郷の大野の様子を、園枝に伝えておくべきかどうか……。

ちらと、そんなことも考えながらも、

「つい今し方、八次郎を使いに出したから、もしやしたら、［吉野屋］の主人は、きょうのうちにも、こられるかもしれぬよ」

「あら、そうですか。では、どちらの部屋をお使いになりますか」

「この部屋で、よいのではないか」

「あら、それでは、せめて火鉢に火でも……」

　そういったことに勘兵衛は無頓着なところがあったが、園枝としては、そうもいかぬのであろう。

「おひさ。これ、おひさ」

　飛び立つように居間として使っている二の間を出て、園枝は来客を迎える準備にかかりはじめた。

　おそらく［吉野屋］藤八の気性からして、使いに出した八次郎とともに、さっそくにもやってくるのではないか、と勘兵衛は推測していたのであるが、まさにどんぴしゃり、八次郎が向かって一刻とは経たない、八ツ半（午後三時）ごろ、藤八は八次郎とともにやってきた。

2

藤八は、酸いも甘いも嚙み分けたといった、松田与左衛門と同じ歳ごろの六十前後、小間物屋の主人らしく、どの持ち物ひとつとっても趣味がいい。

「このたびは、降って湧いたような願立《がんだ》てをいたしましたにもかかわらず、さっそく、お聞き届けくださいまして、まことにありがとうございます」

藤八が、さっそく挨拶にかかるのを押しとどめるように、勘兵衛は答えた。

「なにやら、わたしに相談事があるやに聞き及んでおりますが、それに相違はございませんか」

「はい、まちがいはございませぬ。実は厄介なお願い事でございますが、どうかよろしくお願いを申し上げます」

(と、いうことは、あの銀平の簪とは関係はなさそうだ)

そう踏みながら、勘兵衛は答えた。

「いや、どのような相談かは知りませんが、まだお引き受けしたわけではございません。とりあえずは、お話を伺ったうえでのことといたしましょう」

「無論でございますよ」

藤八は、大きくうなずいた。

そこへ、園枝とひさが二人して茶菓を運んできた。

そこで勘兵衛が、園枝を紹介すると、

「なるほど、こりゃあ、また匂い立つような初初《ういうい》しさでございますなあ」

藤八が感に堪えたような声を出し、園枝は園枝で、

「園枝でございます。あの見事な細工の平打ちの簪、大切に使わせていただいております」

そつなく挨拶を返している。

「いえ、いえ、あなたさまのようなお方の、お髪《ぐし》を飾るとなれば、あの銀平も、さぞ誇らしいことでございましょう」

「ところで園枝、［吉野屋］さんに、煙草《たばこ》盆をお持ちしてくれないか」

と勘兵衛が言ったのは、藤八の帯に麻の葉組の煙管《きせる》入れと煙草入れがあるのを認めたからである。

勘兵衛自身は煙草をやらぬが、松田などの来客用に、煙草盆は準備していた。

「ああ、これは気のつかぬことで、申し訳ございません」

さっそく、部屋の片隅から煙草盆を持ってきた園枝に、

「これは、おそれいります」

藤八は、深ぶかと頭を下げた。

「さて、さっそくではございますが……」

園枝たちが去り、頭を上げた藤八は、唇を引き締めたあと、こう続けた。

「聞き及びましたところでは落合さまは、近ごろ、さる御家中の仇討《あだう》ちに御助勢をなされて、敵《かたき》の所在を見つけ出したばかりでなく、その後見人となられ、見事に本懐を遂げさせられましたそうな」

(ふむ?)

たしかに、この九月の八日、勘兵衛は、ひょんなことから知り合った、妻敵《めがたき》持ちの元浜松藩士《はままつ》、坂口喜平次《さかぐちきへいじ》を助け、さまざまな伝手《つて》を辿《たど》って、妻敵の隠れ家を突き止めただけでなく、その仇討ちの後見人にもなった。

(しかし……)

こういった仇討ち話に江戸市民は敏感で、その妻敵討ちも多少は話題にはなったが、そこに勘兵衛の名は出なかったはずである。

それを知る者は、ごくごく僅かで、無論、勘兵衛が吹聴《ふいちょう》したことはない。

「ところで、［吉野屋］さん、どこでそのような話を耳にされたのでしょう」

一応は確かめた。

「はい。それなら［高山道場］の政岡《まさおか》さまからでございますよ」

「ははあ、政岡」

政岡進《すすむ》は［高山道場］の師範代で、勘兵衛が江戸に出てきて以来、ともに剣の研鑽を積んだ剣友とも呼ぶべき存在であった。

といっても、勘兵衛よりひとまわり以上も年上である。

勘兵衛は、御家中のことでいろいろと多忙な時期があり、しばらく道場から足が遠のいていたが、故郷から連れてきた縣小太郎を同道場に入門させて以来、再び［高山道場］に出入りするようになった。

（ふむ。高山さんには、たしかに話したなあ）

一夜、二人で一献傾けることがあって、そのとき、酒の話題にしたことがある。

藤八が言う。

「実は、政岡さまのご妻女であられる、せつさまが、当店の古くからのお得意様でございましてな」

「え……！」

これは迂闊《うかつ》なことであったが、政岡進に、ご妻女があったとは、勘兵衛には初耳であった。

（そういえば、政岡どのが、どこに住んでいるのかさえ知らぬ……）

ただ勘兵衛が政岡について、これまで知っていることといったら、次の一点のみであった。

すなわち――。

政岡は元は伊予西条《いよさいじよう》藩（愛媛県西条市）二万五千石の家士であったが、剣術修行のため、江戸の［高山道場］に留学中に、ときの藩主であった一柳直興《ひとつやなぎなおおき》が不始末をしでかし、今から十二年前の寛文五年（一六六五）に改易された、ということである。

以来、政岡進は［高山道場］の師範代として生活《たつき》を立てている浪人者としか、勘兵衛には認識がなく、勝手に独り者であろう、と思い込んでいたのだ。

「いや、政岡どのに、ご妻女がおられたとは……、恥ずかしながら、これまで一向に露知らず……」

勘兵衛が、正直に吐露すると、

「ははあ、さようでございましたか。いや、政岡さまには、お二人のお子様もおられ、いまだにご夫婦仲睦まじく、ときおりはご夫妻揃って、当店にもお見えになりましてな。つい過日に、わたしのほうから落合さまの名をお出ししましたところ、落合さまの剣の腕、お人柄につきましても、たいそうお褒めになっておられましたよ」

「いや、それは面映《おもは》ゆいことです」

（その折にでも、政岡さんは、例の妻敵討ちの話題を出したのであろうか？）

「落合さまは、政岡さまが、元は伊予西条藩の家士であったことはご存じでしょうか」

「はい。それだけは、聞き及んでおりましたが、それ以外のことは、とんと……」

「さようでしたか。実は……」

藤八が語ったところによると——。

「道場のある松田町のすぐ北に、西尾半助《にしおはんすけ》さま、という七百石取りの旗本屋敷がございましてな」

伊予西条藩がお取りつぶしになったとき、政岡進は二十代半ば、そのとき、政岡には相思相愛の娘がいた。

それが、せつである。

その娘というのが、七百石の旗本、西尾半助の妹で、妹思いの半助は、素浪人となった政岡とせつとを一緒にさせて、屋敷の一画に建物を増築して二人を住まわせた。

そして、妻女のせつのほうは、そこに［内徳堂《ないとくどう》］と名づけた女児の手習い塾を開いて、およそ六十人ばかりの手習い子を抱えている。

一方、政岡進は［高山道場］の師範代を務め、ゆとりのある暮らしを立てているというのであった。

3

だんだんと話が横にそれていくのに気づいて、勘兵衛は言った。

「いや、とんだ寄り道をさせてまして、申し訳ないことです。はい。たしかに、仇討ちの手助けをいたしましたのは事実ですが……」

「有り体《あ　てい》に申し上げれば、実はわたしも、この二十年近く、この江戸にいるはずの敵《かたき》を探している身でございます。政岡さまから、その話を聞きまして、是非にも、あなたさまに御助勢を賜わりたく、矢も楯もたまらず、かく、お願いにあがりました次第です」

「え……！」

思わず、勘兵衛は絶句した。

二度あることは三度ある　とはいうけれど……。

坂口喜平次の妻敵討ちが九月のこと──。

そして、つい先月には勘兵衛自身が義兄の仇《あだ》を討った。

そして、今度は三度《みたび》目の……。

（いや、どうも……）

偶然とはいえ、妙な巡り合わせというべきではないか。

しかしながら藤八にすれば、そんなこととは知らないはずだ。

で、言った。

「柳の下に、二匹目の泥鰌《どじょう》は……、とも申しますが……」

「ごもっともながら、一度あることは二度ある。あるいは、朝にあることは晩にもある、とも申します。せめて、話だけでも聞いてはいただけませぬか」

藤八は、やんわり押し返してきた。

「もちろん、聞くにやぶさかではございませぬし、わたしで役に立つことなれば、いささかなりともご助力は惜しまぬつもりです」

「いや。ありがとうございます」

藤八は、再び深ぶかと頭を下げたのち、

「先ほど、この二十年近く、敵を探していると申しましたが、実は、わたし自身の敵ではございませぬ」

「ほほう」

「実はわたしは、その昔、陸奥白河藩《むつしらかわ》（福島県白河市）の家老、沢田九郎兵衛《さわだくろべえ》さまに仕えておりました。当時の領主であった本多忠義《ほんだただよし》の、いわゆる陪臣《ばいしん》でございましたが、その領主というのが、とんだ暴君でございましてな。それですっかり嫌気がさして、致仕《ちし》して江戸に出てきたのが、三十数年前のことでございます」

「ははあ」

それで武士を捨て、商人の道を選んだのか。

これはよけいなことかもしれないが、まさしく、本多忠義というひとは暴君であったらしく、年貢取立用の枡を大きくしたり、それとは別に口米《くちまい》（付加税米）というのを取ったりと、あの手この手で農民からは容赦なく税をむしり取り、あるいは福島県郷土史の『岩瀬郡史』に――。

忠義人《ひと》となり剛腹にして強暴、自ら用ひ、みだりに家士を誅罰《ちゅうばつ》し、或いは殺害するもの多く。

と描かれるような人物であったようだ。

藤八の話は続く。

「で、わたしの母方のいとこちがいに、大竹平吾《おおたけへいご》という者がおりまして、白河藩御使番の松枝主水《まつえだもんど》さまの若党を務めておりましたのですが……」

いとこちがいというのは、いとこの子供のことをいう。

「今から、ちょうど二十年前の明暦《めいれき》三年の夏に、領主出府の供として、主従ともども、この江戸にやってまいりまして、大竹平吾も加賀原《かがっぱら》横の、白河藩本多家の江戸屋敷に御長屋暮らしをしていましたところ、翌年の三月のこと、何者かの手によって、主の松枝主水ともども、大竹平吾も斬殺されたのでございます」

「なんと」

「わたしが、そのことを知ったのは、それから二ヶ月あまりものちのことで、ございました。と言いますのも、かの大竹平吾の妻女、すなわち、我が従妹からの書状が届いたからで、そこには、松枝主水の家にも、自分のところにも、藩庁からは、いっさいの詳しい事情も知らされず、それではあまりに悔しいゆえに、どうか、江戸におられる従兄《あに》さまに、事《こと》のなりゆきをお調べ願いたい、との依頼でございました」

藤八が、自分自身の敵《かたき》ではない、と言ったのは、そのような事情であるようだ。

「そこで、わたしは、いろいろと手蔓をつけて、折繁く白河藩上屋敷に出入りしては噂を集めたのでございますが、まるで箝口令《かんこうれい》でも敷かれているごとく、なんらの成果もないままに、あっという間に六年もの月日が流れてしまったのでございます」

「ふうむ」

（それから、どうなった……）

勘兵衛のうちにも、むくむくと興味が湧いてくる。

「そんな折、以前に、わたしがお仕えしておりました、白河藩国家老の沢田九郎兵衛さまが、この江戸に出てきていると耳にして、すがる思いで沢田さまにお会いしましたところ、他言は無用じゃぞ、と念押しのうえ、ようやく、だいたいの事情が飲み込めた次第です」

それによると、松枝主水は頭部を唐竹割りに斬られて即死であったが、若党の大竹平吾のほうは虫の息ながら、まだ意識があり、

――犯人は、旦那さまが近ごろ知り合った、近くの佐久間《さくま》町にある朝比奈《あさひな》道場の師範代で、名は荒川三郎兵衛《あらかわさぶろべえ》、当夜、客として罷り越し、にわかの凶行に及んだもの。


「なるほど」

と陳述したのち、息を引き取ったという。

（ふむ。佐久間町の朝比奈道場！）

勘兵衛にも覚えのある、関口流《せきぐちりゅう》の道場であった。

藤八の話は続く。

「さて、では、なにゆえ、荒川が、そのような凶行に及んだかにつきましては――」

藤八の旧主であった沢田家老の情報に、その後に藤八自身が調べたこと、さらには、藤八自身の類推を交えた話を整理し直すと、事の発端は、これより二十年前の明暦三年（一六五七）にさかのぼる。

4

千葉県君津《きみつ》市の内陸部に、名水の里と知られる久留里《くるり》という珍しい地名の大字《おおあざ》がある。

この地の丘陵に古《こ》久留里城（上の城）が築かれたのは室町時代の中期であったが、徳川家康の家臣の土屋忠直《つちやただなお》が、その上総《かずさ》久留里の領主として二万石を与えられたのは慶長《けいちょう》七年（一六〇二）のことであった。

そして嫡男の土屋利直《としなお》に続き、次男の土屋数直《かずなお》が誕生したのが慶長十三年（一六〇八）のことである。

その土屋数直は十二歳のとき、二代将軍の徳川秀忠の命《めい》によって、三代将軍徳川家《いえ》光《みつ》に仕え、三年を経た元和《げんな》八年（一六二二）には家光の近習に任じられ、その翌年には御膳番の役を務め、二年後の寛永《かんえい》元年十二月、従五位下《じゆごいげ》大和守《やまとのかみ》に叙任されて、廩《りん》米《まい》五百俵の扶持がついた。

その後も土屋数直は、進物番、書院番頭、駿府城番、小姓組番頭、四代将軍家綱の御側衆《おそばしゆう》と順調に出世の階段を登っていき、だんだんに加増されていったのである。

そして、いよいよ明暦三年の十二月二十五日、数直は常陸宍戸《ひたちししど》領（現：茨城県笠間市内）に五千石の知行地を得た。

これが、藤八が語る事件の発端になるとは、神のみぞ知る、であったろう。

さて、新年の江戸城では年頭の挨拶をおこなう儀式がある。

なにしろ数が多いので、元日は将軍家御一門方と譜代大名に諸役人、二日は国主に城主に諸役人、三日の日は諸大名嫡子の年頭挨拶という順番で、三日間にわたって、行事は執り行なわれる。

将軍家綱の御側衆は四人いたが、それでもその三日間を、土屋数直は忙殺された。

前年の正月に出火した明暦の大火は、江戸市中のみならず江戸城の大半を焼き尽くしたが、城内にあった御三家の屋敷を城外に移したり、大名家や旗本たちの拝領地の割り振りも終えて、どうにか一段落したのちの年頭行事であったので、とりわけであった。

そうして年頭の儀式を大過なく務め、間一日をおいた明暦四年（一六五八）の正月五日、大手口に賜わった土屋数直邸では、主だった家臣たちを集めて、内輪の祝宴が午前のうちから催された。

新年の、というより、五千石の知行地をようやくに得た祝宴である。

土屋数直は律儀な性格であるが、いわゆる大酒家《たいしゅか》で、酒が入ると上機嫌になり、気が大きくなるところがあった。

特に、この日は、三日間の激務からも解放されたのちであったから、大いに気もゆるみ、午後に入ったころには、もう、十分にできあがっていた。

ちょうどそんな折に、白河藩の御使番であった松枝主水が新年の挨拶にやってきた。

さっそく宴席に通された松枝が、新年と御加増の祝賀を兼ねた挨拶をしたところ、土屋数直は――。

――いや、ご丁重なる寿詞《ほぎごと》を賜わり、ありがたき次第。まずは、一献を差し上げよう。

と、酒を勧める。

ところで、この松枝主水も酒豪でなる剛気の者であって、

――それは重重《じゅうじゅう》に、栄華なことでござる。されば、もし、よろしければ、そこな大盃をもって、御一献を賜われば、このうえない冥加《みょうが》でござる。

と、床の間に飾られていた朱塗りの大盃《たいはい》を所望した。

――ほう。この大盃でか。

一升は軽く入ろうか、という大盃であったので、

――いや、なかなかの豪傑ぶりが気に入った。されば、この大盃を、あの者に。

そこで数直の家士が、朱塗りの大盃を松枝に渡し、もう一人の家士が、その大盃になみなみと酒を満たした。

――では、かたじけなくも、馳走に相成り申す。

松枝は、やおら大盃に口をつけると、ゆっくりと大盃を傾けていき、くいくいくい、と、ついには一気に飲み干してしまったので、宴席の士たちは、大いにどよめいて、
数直も――。

――いやあ、これはまた、見事な飲みっぷり。どうじゃ、もう一献。

すると、主水は静かに大盃を畳に置いて、こう言った。

——いや、ご所望いたしましたるは御一献のみ。献《こん》を重ねるなど、おこがましいかぎり。見るに、御身内筋の宴席に、のこのこ邪魔入りをして身の置き所もございませぬ。されば、これにて退散をいたしたく。

それを聞いた数直は、

——いや、その口上も、大いに気に入った。よし……。

と、大盃の置かれていた床の間を振り返り、錦繍《きんしゅう》の袋に包まれ、刀架《とうか》に飾られていた一振りの太刀をつかみ取ると、

——褒美として、この太刀を、そなたに進ぜようほどに、近う寄れ。

このとき、家士の内からは、

——あ……！

と、小さなつぶやきも洩れたのであるが、もう、そのとき松枝主水は、つつつつ、と畳の上を膝行《しっこう》して、

——有り難き幸せに存じます。我が永代の家宝といたしましょうぞ。

と、しっかと錦繍に包まれた太刀一振りを受け取っていたのであった。

ところが、その太刀というのが、その昔、数直が大猷院《たいゆういん》（家光公）から拝領の太刀

であったから、正気に戻った土屋数直は、大いに狼狽《ろうばい》する。

一方――。

畏《おそ》れ謹んで土屋邸を辞した松枝主水は、白河藩江戸屋敷に戻ると、さっそく主の本多忠義に、事の次第を報告し、

――この太刀を拝領するにあたり、土屋さまのご家来衆が、大いにあわてふためいた様子でありましたゆえ、よほどに由緒のある名刀かと思われまする。

と、告げたところ、

――ふうむ……。

忠義は、しばし考えをこらしたのちに――。

――されば、土屋数直の家宝と思われるその太刀を、軽軽しくもそなたに与えたのは、おそらくは酔いのせいであろう。しかし、あとになって返せと言われても、断じて返してはならぬぞ。

と、松枝主水に命じた。

というのも、譜代十二万石の本多忠義にすれば、たかだか二万石の大名の、それも次男が、僅かに五百俵の廩米取りから、あれよあれよと出世を遂げていく土屋数直のことを、あまり快くは思っていなかったからであるまいか。

さて、すっかり酔いも醒め果てた土屋数直は、顔面蒼白となって、その日の夕のうちにも神田川を筋違橋《すじかいばし》で渡り、加賀原の東にある陸奥白河藩江戸屋敷に駆け込んだ。

だが平身低頭する数直に、藩主の本多忠義はそらっとぼけるし、松枝主水のほうは、頑として応じない。

そして言う。

——一旦拝領をいたしたるうえは、たとえ主君の取りなしがござろうとも、ご返却はいたしかねる。もし、それでもたってと主君がご命令なされたら、拙者は武士の意地として腹切ってでもの覚悟でござる。

そこまで言われて数直は、すごすごと引き返さざるを得なかった。

さあ、それからがたいへんである。

土屋家では緊急会議が開かれて、大猷院拝領の名刀を、いかにして取り戻すかの議論百出、知恵を絞り出そうとするのだが、妙案が出るわけもない。

そんななか数直の側近の一人、金丸正猶《かなまるまさなお》という者が、

——我に一計あれば、子細は聞かず、いっさいをおまかせくだされましょうか。

と、申し出て、

「頼む」

数直は諾《うべな》った。

と、まあ、講談師のごとく、見てきたように語っているが、もう、このあたりになると多くの推量が入ってはいる。

だが、当たらずといえども遠からず、といったところか。

5

関口流朝比奈道場は、明暦の大火後の神田佐久間町一丁目の焼け跡に移ってきて、いち早く建てられた。

そんな新規の道場ながら、伊勢は津《つ》の大名である藤堂《とうどう》家や、白河藩本多家や常陸《ひたち》麻生《あそう》藩新庄《しんじょう》家など、多くの大名が周囲に拝領地を得たため、それら大名家や旗本家の家士や、子弟たちが次つぎと入門してきて、大当たりを取っていた。

それで土屋数直の側近である金丸正猶は、これに目をつけ、秘かに朝比奈道場の内情を調べたうえで、そこで師範代を務めている浪人の荒川三郎兵衛に白羽の矢を立てた。

そして秘かに荒川と談合して、手段は選ばぬゆえ、白河藩士の松枝主水から太刀を取り返してくれたら、土屋家へ仕官をさせると持ちかけた。

　すると荒川は、それを請け負った。

　それから荒川は、朝比奈道場に通っている白河藩士のうちから、松枝主水を見知っている門人を物色して、引き合わせてもらうことに成功した。

　そして、いつしか、松枝とともに酒を酌み交わすほどの仲となった。

　ところで荒川は、元もとが神明夢想流《しんめいむそうりゅう》の流れを汲む剣客で、当時としても珍しい刀身が二尺八寸（約八五センチ）もある長刀を帯びていた。

　戦国のころは馬上での戦いのため、刀身が三尺（約九〇センチ）ほどもあったものだが、戦《いくさ》がなくなって久しいので、近ごろ作られる刀は、だんだんに短くなっていって、二尺三寸（約七〇センチ）くらいが主流となっている。

　それで、かつての長刀は無用の長物となり果てて売り物にならないから、磨上《すりあ》げ、あるいは大磨上げといって、中心《なかご》のほうから磨上げていって刀身を切りつめ短くした。

　勘兵衛の埋忠明寿《うめただみょうじゅ》も、同様に磨上げられた口だが、見事な刀身彫刻があったため、かろうじて二尺六寸五分（約八〇センチ）の刀身が残っていた。

　つまり、荒川が帯びていた長刀には及ばぬまでも、やはり目利きから見れば目立つ長刀であることに変わりはない。

小間物屋の［吉野屋］藤八が、いつしか勘兵衛に目をつけていたのは、そのような事情からであったらしい。

話を戻そう。

時代は、今から二十年ほど前のことだが、荒川が帯びる長刀は、やはり目立ったから、荒川と松枝の話題は、いつしか刀剣談義に及んだ。

と――。

――そういえば、ちらりと小耳に挟んだのだが、松枝どのも、かなりの名刀をお持ちだとか。

さらりと荒川に問われて、松枝は――。

――さよう。仔細は申せませぬが、さる名家から拝領した品でしてな。代代、我が家の家宝といたす所存。

――ほほう。それは、よほどの名刀と思われる。是非にも、眼福《がんぷく》を得たいものですが……。いかがでござろう。

では、お見せしましょう、ということになった。

七月には万治《まんじ》と年号が変わる前の、晩春三月も末近く、荒川三郎兵衛は、陽もとっぷりと落ちたのち、脇差一本を腰に白河藩邸に酒徳利を提げて、松枝主水の御長屋を訪ねた。

このころ、白河藩上屋敷にかぎらず、いずこの大名屋敷においても、大火後の新拝領地で屋敷普請の最中であって、塀囲いも仮設なら、御長屋も仮設という状況下にあった。

この年の正月十八日には、火事で罹災した大名家には貸付金が出、旗本や町人には下賜《かし》金が与えられた世相のころである。

そんななか、さっそくにくだんの太刀を披露した松枝に、

――拝覧《はいらん》させて、いただけるか。

目を輝かす荒川に、

――元より。とくと御覧あれ。

錦繡の袋より、太刀を取り出したうえで、松枝は手渡した。

――かたじけない。

と、荒川はひと言。

次の瞬間には、

――やっ！

荒川の、短いが気魄のこもった気合いが出た。

先にも記したが、荒川は林崎甚助《はやしざきじんすけ》が興《おこ》した神明夢想流の流れを汲んでいる。林崎甚助は居合、抜刀術の始祖ともいわれるくらいで、機に応じて座位より刀を抜き出すのを特徴としている。

瞬時で、荒川によって脳天を唐竹割りされた松枝主水——。

——うっ！

これまた短い呻きを洩らして、どうと倒れて絶命した。

荒川は、というと、血振りをくれて懐紙で刀身を拭っているところに、なにやら異変を感じたらしい松枝の若党（大竹平吾）が、

——旦那さま！

廊下から声をかけたが返事がない。

そこで、仕切り障子を開けたとたんに、右腋下《わきした》から頤《おとがい》にかけて、下から摺りあげるように、深ぶかと切り裂かれ、

——ぎゃっ！

と、叫んで昏倒した。

騒ぎが起こらないうちに、荒川はくだんの太刀を腰に帯び、早早に白河藩邸を出たその足で、まっすぐに大手口の土屋数直邸に向かっている。

「なるほど」

藤八の口から語られる、事件の概略を聞きながら、勘兵衛は尋ねた。

「虫の息ながら、大竹平吾から、事の次第を聞いたはずの白河藩ですが、どう動いたのでしょう。まさか、なにもしなかったわけではございますまい」

「さっそくに夜間をおして、朝比奈道場に向かい、荒川三郎兵衛の宿《やど》（住居地）を聞き出して駆けつけたといいますが、すでに塵ひとつない蛻《もぬけ》の殻《から》だったそうでございますよ。それきり荒川の姿は、朝比奈道場からも消えた。もちろん、その荒川の背後で糸を引いたのは、土屋数直にちがいなく、荒川は土屋邸にいる、と容易に推量はついたものの、なにしろ数直は、将軍の御側衆でございましょう。事のなりゆきを考えれば、表立って騒げば白河藩にも傷がつく。そこまで考えがいたって、本多忠義は無理にも事件に蓋《ふた》をすることにした。

そして事件のことは、内内に処理をして、家臣たちに箝口令を敷いたそうでございますよ」

「やはり、そういうことでしょうな」

勘兵衛は、大いにうなずくとともに——。

（こりゃあ……）

実のところ、かなり真剣な気分にもなっていた。

というのも——。

話に出てくる土屋数直というは、今や生家をもしのぐ四万五千石の、常陸土浦《ひたちつちうら》藩（現：茨城県土浦市）の領主となっているばかりではなく、藩政のほうは嫡男の政直《まさなお》にまかせて、稲葉正則《まさのり》、久世広之《くぜひろゆき》、阿部正勝《あべまさかつ》とともに老中の職にあった。

すでに七十を越えた老人ではあるが、我が御家のためには、幕閣に一人でも多くの味方を得たい勘兵衛としては、とても無関心ではいられない。

また、せっかくの藤八の願いではあるが、事情によっては、土屋老中を敵にまわす可能性もあった。

（うか、とは乗れぬ話だぞ……）

6

そんな勘兵衛の思いをよそに、藤八の話は続く。

「これは、旧主の白河藩家老の沢田さまに、お聞きしたことですが、いや、白河藩領主の本多忠義は、つまらぬ嫌がらせをしたものだ、と、のちのち大いに愚痴られたそうでございますよ。と、申しますのも、事件から四年後の寛文二年（一六六二）に、土屋数直は旗本支配（若年寄）に進んで五千石の加増、いよいよ大名の仲間入り。さて、その勢いでいくと、まちがいなく老中にまでも昇るだろうと気づかれたそうで……」

「ふむ……」

事実そうなった。

数直が若年寄になって、三年後のことだ。

「一方、幕閣における、陸奥白河藩の評判はすこぶる悪うございましたそうでしてな」

それはそうだろう。

領主は暴君で、農民からは峻烈な手段で年貢を搾取するは、些細なことで家来を手討ちにするは……。

それで、一揆《いっき》でも起ころうものなら、立派な改易《かいえき》の口実にもなる。

藤八は続ける。

「なんですか、幕府《おかみ》には諸国巡見使というものが、あるそうでございますな」

勘兵衛は答えた。

「さよう。諸国の監察をおこない、なんでも、諸国の政治の実態を、美政、中美政、中悪政、悪政と四段階に評価する、と漏れ聞いております」

「で、その諸国巡見使を指揮監督するのも、若年寄の管轄だそうでございますな。となると、本多忠義は、土屋数直につい意地悪をしかけて、結局のところ、太刀を取り返されはしたものの、土屋さまの怨みを買っていることにはちがいはなく、その意趣返しを怖れて、はなはだ後悔をしたそうで……」

「なるほど、それで愚痴ったか」

「愚痴だけでは終わらなかったそうでございますよ。万一のことがあれば、とまで危機感をつのらせた挙句《あげく》、自《みずか》らは隠居を決意して〈鈍斎《どんさい》〉と号し、御嫡男を二代目の領主としたそうです」

「ほう。そのようなことが……なあ」

(喧嘩をふっかけるにも、相手を選べということか……)

「まあ、それはそれといたしまして、荒川三郎兵衛のことでございます」

「そうであったな」

「先ほども申しましたとおり、旧主より、だいたいの経緯《いきさつ》を聞いたのが、十三年前のことで、そこで、ざっとした経緯と敵《かたき》の名がわかったことを、遅ればせながら白河の従妹に知らせましたところ、その伜……すなわち、大竹平吾の忘れ形見の大竹平蔵《へいぞう》という者が、さっそくに、わたしを訪ねて江戸に出てまいりました」

「はて、肝心の松枝主水のほうは、どうした？」

「はい。実は松枝主水が殺害されたとき、そのご妻女は懐妊中で、翌年になって男児を出産なされたそうですが、そのときは、まだ六歳の童《わらべ》にて、母子はともども松枝主水の伯父の元にあったそうでございます」

「そうか、六歳の童ではなあ」

「しかし、今では、その童も松枝主馬《しゅめ》を名乗る十九歳の若者に成長して、必ずや父の仇を討つ、と心に決めて剣術に励み、平蔵とも頻繁に便りのやりとりをして、荒川三郎兵衛の行方を追う平蔵からの福報を待ちわびているそうです」

「ふうむ。しかし……」

少し思案ののち、勘兵衛は問うた。

「先ほどからの話によれば、その荒川というは、土屋数直さまに仕官をした模様……。すると、この江戸にいるとは限らず、土浦の御城下におるかもしれないではないか」

「さあ、そこのところでございますよ」

藤八は、江戸に出てきた平蔵に［吉野屋］を手伝わせる傍ら、小間物屋としてお出入りをさせていただきたい、との口実で、当時は大手口にあった土屋数直邸に足繁く通った。

そこに仕官したはずの、荒川三郎兵衛の消息を知るためである。

だが、そうそう簡単にはいくはずもない。

それで、次には平蔵のほうが、思いきって土屋数直邸に荒川三郎兵衛を訪ねたのだが、門番から、当邸に、そのような者はおらぬ、と言われて途方に暮れた。

だが、あきらめきれるものではない。

手がかりといえば、めざす荒川が長刀を帯びていたということ以外、その風貌、特徴すらわからぬでは、出入りの家士を見張るにしても、見当がつかない。

そこで次に平蔵は、朝比奈道場に出かけていったのだが、どこの馬の骨ともしれない平蔵など、何度通っても門前払いを食らわされるばかりだった。

それでも平蔵は、道場に出入りする門人をつかまえては、荒川のことを尋ねるのだが、一向に埒《らち》が明かない。

藤八のほうもあきらめず、土屋邸に通いつめた。

そして、いつしか顔見知りとなった近ごろ奥用人の役に就いたばかりという、熊沢《くまざわ》なる人物を頻繁に接待しては、昵懇《じっこん》の間柄になろうとするのだが、熊沢はさんざんに

飲み食いの接待だけは受け、なおかつ賄賂《まいない》を懐に入れては、

——なにしろ、奥用人に取り立てられて日も浅いゆえにな。これまで出入りの小間物屋を、そう簡単には替えるわけにもいかんのじゃ。いましばらく待てば、決して悪いようにはせぬからな。

と、藤八に気をもたせるばかりであった。

そうこうするうちに、土屋数直は老中となって、大手口角屋《かどや》に屋敷替えをすることになった。

すると熊沢のほうから藤八に、次のような打診があった。

——いよいよ殿が老中ともなり、屋敷も広うなると、奥の御女中方も増え申すでな。そこで［吉野屋］、これまでのこともあるゆえ、御用達《ごようたし》として出入りを許してもよい、と本気で考えておる。ついては多少、張り込んではくれぬか。

もちろん賄賂の要求だ。

そこで藤八は、如何《いか》ほどご用意いたせばよろしかろうか、と尋ねる。

——うむ。なにしろ老中屋敷への御用達じゃからなあ。本来ならば百両と吹っかけたいところだが、そのほうからは、これまでにも、さんざん世話になっておるからな。どうだ。五十両で、というのは。

言われて、藤八は、ここが落としどころだと考えた。

一か八《ばち》かで、こう言ってみた。

――御老中の土屋さま御屋敷御用達をお許し願えるならば、いかにも五十両はご用意いたしましょうが、その前に、ひとつお尋ねしたいことがございます」

――なんじゃ。

――御家中に、荒川三郎兵衛というお方がおられましょう。

――なに、荒川三郎兵衛？

熊沢は怪訝《けげん》な顔になったが、

――おう。そういえば……。

ありゃあ、七年か……。いや八年前のことだったが、と熊沢は前置きし、唇を歪めて、こう続けた。

――どのような伝手《つて》でかは知らぬが、剣術指南役として召し抱えられたやつだな。それも、なんと百石取りと聞いて、わしゃ、開いた口がふさがらなかったわ。なにしろ、その当時は、将軍御側衆とはいえ、我が殿は、ようやく五千石の知行地を与えられたばかりのころで、家臣の数も五十人かそこら、そんなところに剣術指南役だなどと、いや、酔狂にもほどがあろうというものだ。しかし、それも四年ばかりのことだ。

なにがあったかまでは知らぬが、殿が若年寄に昇級されてすぐに、召し放ちになったやつだ。

その熊沢は、詳しい事情を知らなかったようで、特に怪しむでもなく、そう言って、

——お、もしや、あの荒川は、おまえの知己か。

——いや、とんでもない。御当家に出入りしたい一心で、ほかに手蔓《てづる》でもないかと、いろいろ心当たりを求めていましたら、知人から、荒川さまの名が出ましてな。なにやら、その荒川さまから、ひどい目にあったことがある、とえらく憤っておりましたもので、どんなお方であろうかと、思ったまでのことでございますよ。

藤八は、ことば巧みに、でっち上げて、ついには、当時の荒川は三十半ば、六尺豊かな大男で、色浅黒くゲジゲジ眉と、その特徴までも聞き出していた。

「なるほど、そういうわけですか」

藤八の話を聞き終えて、勘兵衛はうなずいた。

「奥用人の熊沢という御仁は召し放ちと言われたが、荒川は土屋数直さまが臑《すね》に傷持つ生き証人、若年寄に昇進したのを機に、因果を含めて致仕させた、というところでしょうな」

「はい。わたしも、そう考えました。しかしながら、いかに因果を含めるにしても、

はい、そうですか、と荒川が簡単に承知するはずもなく、すると、なんらかの密約が交わされたはずでございましょう」

と、藤八。

「やはり、金でしょうな」

「はい。これは想像でしかありませぬが、百石取りといえば、およそ年に百両でございましょう。それを陰扶持《かげぶち》として下される、という密約ではなかろうかと……」

「なるほどねえ」

若年寄、老中と出世を重ねた土屋数直は、老中職にあるかぎりは、定府（ずっと江戸に住む）であった。

ならば、陰扶持をもらう荒川もまた、この江戸にいる、という理屈になる。

江戸の庶民は年に二十両もあれば、かなり裕福な生活を送ることができる。

それを、窮屈な屋敷勤めをするよりも、もし百両も毎年もらえるならば、そちらのほうが、よほどにわりがいい。

「ところで、土屋家御用達のほうは、どうなりましたので」

「はい。おかげさまで」

つまりは藤八、商売人としても、しっかり元は取っていた。

そして、大竹平蔵のほうは、［吉野屋］から品物を、ほぼ仕入れ値でまわしてもらい、京橋に近い畳町の裏店《うらだな》に住んで、店を持たずに得意先をまわる、いわゆる小間物売りをしている。

それで生活《たつき》を立てる、ということもあるが、江戸の町の隅ずみまでをまわって、荒川三郎兵衛を捜し出すのが、本来の目的であった。

それを、もう十年以上も続けている。

（ふうむ……）

なまなかなことではないな、と勘兵衛は思う。

仇討ちが、たいへんな苦労を伴うことは、勘兵衛もよく耳にしている。

だが、大竹平蔵の場合は、勘兵衛が先ごろに手助けした、妻敵討ちの坂口喜平次とは、大いに事情が異なる。

坂口の場合、仇討ちがなれば、再び浜松藩の家士として戻ることができる。

だが、大竹平蔵の執念は、一途に父親の仇を討ちたい、という点で純粋であった。

それに――。

もし、その仇討ちに勘兵衛が加勢したとして、老中の土屋さまに喜ばれこそすれ、敵対することもない。

無茶の勘兵衛ならぬ、あくまで慎重な勘兵衛と化して、藤八に言った。

「あまり期待をしてもらっても困るが、昔に朝比奈道場に関わっていた知己がおります。一度、そちらをあたってみましょう」

できるかぎりの力は貸してやろう、と思っていた。

「いや、ありがたい。どうか、よろしくお願いを申し上げます」

藤八は、再び深ぶかと頭を下げた。

# 小太郎の仕官

## 1

二日ののち——。

その日は朝から曇り空で、今にもお湿《しめ》りがきそうななか、勘兵衛が松田の役宅に顔を出すと、

「おや。きょうはえらく早いの」

首巻きをした上に縕袍《どてら》を着込んで、茶を啜りながら縁側からぼんやり庭を眺めていた松田が言う。

五ツ半（午前九時）ごろだから、たしかに、いつもより半刻以上も早かった。

「ずいぶん、冷え込んでまいりましたが、お風邪を召されませぬか」

勘兵衛が気遣うと、

「なに。執務前に、こうして小半刻（三十分）ばかり、庭を眺めるのが習慣となっておるでな」

「さようでしたか」

勘兵衛にも、習慣はある。

朝食前の小半刻ほどの素振りと、朝食後の青竹握りだ。

青竹握りは、勘兵衛なりの握力強化法で、故百笑火風斎直伝《じきでん》の秘剣〈残月の剣〉を使うには、欠かせないものであった。

「さて……」

残りの茶を、ずずっと音を立てて啜りあげたのち、松田は立ち上がると執務机に向かいながら首巻きだけははずし、

「勘兵衛、すまぬが八郎太を呼んでくれぬか」

「承知しました」

新高八郎太は松田の若党で、役宅玄関脇の控え部屋にいる。

さっそくやってきた八郎太に、

「頼んだぞ」

手焙《てあぶ》りに手をかざしながら松田が言うと、

「は」

八郎太は庭に面した障子を閉め、湯呑みを片づけ、

「手焙りの炭は、まだございますか」

「おう、大丈夫だ」

松田の返事に、

「では、御用の節は、また声をおかけください」

言って、八郎太は退出していった。

松田は執務机の文箱《ふばこ》から、ごそごそ、書類を取り出しながら、

「いやあ、武太夫がおらぬと、なにかと不便でなあ」

と、こぼす。

松田の手元役を務める平川武太夫は、いつもならこの執務室の隣室に控えていて、

「武太夫」

松田がひと言声をかけると、すぐとんできて、あらゆる雑用をこなしていたのだが、
今は婚礼のため国表の大野に帰り、新婚の妻女と老母を連れて、再びこの江戸上屋敷に戻ってくるのは、雪深い大野の雪解け後の来年になってからであった。

「では、しばらくは、わたしが平川どのの代わりをつとめましょうか」

勘兵衛は、半ば本気で言ったのだが、

「なに、まもなく陣八も戻ろうほどに、そのときは八郎太に、武太夫の代わりをしてもらうつもりじゃ」

答えて松田はにやりと笑い、

「それより、おまえは、この先、ちょいと忙しかろうしな。きょう、このように早く出てきたのも、権蔵の件であろうが……」

図星であった。

松田が権蔵と言うのは、松平直堅、きょう十一月三日の辰《たつ》の刻（午前八時から十時の間）に、西久保にある屋敷に幕府上使がやってくる手筈となっていた。

下達の内容は知れていて、直堅に合力米一万俵を賜わる、という正式な通達であった。

万々一にも手ちがいはなかろうが、その結果は直ちに松平直堅家用人に決まった比企藤四郎が、松田の元に報告にくるはずであった。

勘兵衛が、いつもより半刻以上も早くに松田の役宅に出仕したのは、そういうわけなのだ。

「勘兵衛、こちらにきて、これを見よ」

松田は、おもむろに一枚の絵図面を広げながら勘兵衛を呼んだ。

建築図面のようだ。

「もしや、これは……、平川さまの？」

「ようわかったな。裏手の井戸横に十五坪ばかりの地面を確保したでな。夫婦二人に、老母の三人、のちには子もできようでな。そのあたりを勘案して描かせたものだが、遺漏はないか。おまえの目で確かめてはくれぬか」

「承知しました」

「武太夫らが戻ってくるまで、半年ばかり。それまでには普請を終えておかねばならぬ。ついでというてはなんじゃが、そのあたりの差配を、おまえにまかせたいのじゃが、引き受けてくれるか」

「はい。それは、よろしゅうございますが、普請方《ふしんかた》に、おまかせにはならないので？」

ここ愛宕下の越前大野藩上屋敷内では、新たな建造物を造作したり、修理をおこなったりを受け持つ小納戸役を、普請方と呼んでいる。

本来なら、そういった手配なり差配は、普請方のお役目であった。

松田が、少しばかり小声になって言う。

「それは、そうなのじゃがなあ。普請方も、あまり長く務めておると、いろいろと腐れ縁もできてくる。まあ、それは役得ともいうもので、わしもうるさいことは言いたくないが、先日も言うたように、国許では借財を作るほどに逼迫《ひっぱく》しておる。無駄な出費は控えたいゆえ、普請方には、我が手元役の寓舎《ぐうしゃ》なれば、わしの好き勝手にさせてくれ、と、一応の筋は通しておいた」

「そういうことですか」

広げた図面は間取り図のみで、隅のほうに長六《ちょうろく》の署名がある。

「この長六というのが棟梁《とうりょう》ですか」

「おう。八郎太を、［千束屋《ちづかや》］の政次郎《まさじろう》のところに使いをやって、安くて腕のいい大工を紹介してほしい、と頼んでおいたら、その長六というのが、昨日やってきてな。こうこうと説明したら、その場で、その間取り図を描いていったのじゃ」

「なるほど。そういうことなら問題はございませんでしょう」

政次郎は［千束屋］という割元《わりもと》（口入れ屋）のかたちばかりの隠居だが、勘兵衛とは特別の縁があって、信用のおける人物であった。

「その図面で間に合うならば、すぐにも見積もりを出すと長六は言っておった」

「では、とくと拝見をいたしましょう」

そこで勘兵衛は図面を畳の上に広げ、仔細に眺めて検討をはじめた。

とはいえ、勘兵衛はずぶの素人だから、自分の住む町宿と比べて想像するほかはない。

間取り図で見ると、どうやら平屋建てで、間口が三間、奥行が五間、勘兵衛の町宿よりはかなり狭そうだが、六畳二間に、四畳半があり、廊下を隔てて台所、それに隣接して六畳一間と三畳の仏間、また廊下の端には雪隠《せっちん》がある。

(なるほどな)

新婚の夫妻と、仏間付きの姑《しゅうとめ》の部屋とを廊下で隔てる、という配慮らしい……と図面を眺めているうちに、長六という棟梁だか大工だかの意図しているところが伝わってくる。

(これで、いいのではないか)

とは思うものの――。

(平川どのの……)

大野城下の拝領屋敷を一人で守ってきた老母にとっては、さぞや窮屈な生活になるのではなかろうか。

などとも、勘兵衛は想像をするのである。

勘兵衛が松田にそのことを言うと――。

「ふむ。それはそうであろうな。平川は元もとが足軽小頭の家で、組屋敷住まいじゃ。あとは平川の母御の考え次第、住み慣れた大野に一人でも残りたいと思うのであれば、そうすればよいし、やはり息子夫婦とともに暮らしたければ、江戸に出てこよう。この新居の横には空き地もあるから、そこで野菜でも育てれば気も紛れよう。ま、なるようになるであろうよ」

そういえば、一年間を江戸で勤務する長屋暮らしの江戸詰家士なども、空き地に菜園などを作っていた。

江戸詰の者には、俸禄以外に手当が支給されるが、なにしろ江戸は遊ぶところも多い。

すると手当より出費のほうがかさむから、野菜を育てて、少しでも節約をしようと考えるからだ。

そうこうするうちに四ツ（午前十時）を報らせる鐘が鳴った。

まだ比企藤四郎は、姿を現わさない。

上使の接待で、時間を食っておるのだろうか。

勘兵衛が、そんなことを考えていたら、ふっと部屋が明るくなった。

畳に置いた図面から頭を上げると、庭に面した障子に陽光が当たっている。

いまにも降りだすかと思われた天候だが、好転したようだ。

それが予兆だったように、役宅の玄関のほうから人声が聞こえた。

(比企の声だ!)

## 2

松平直堅への、幕府からの正式な上意は――。

賄料《まかないりよう》一万俵を下され、越前松平家分家として諸侯に列せられる。

と、いうものだったそうだ。

近近《きんきん》に得ていた情報どおりではあったが、松田に首尾の報告をする比企藤四郎の声は、さすがに喜色が溢れていた。

その比企と勘兵衛の間には、直堅が正式に一万俵と決まった折には、縣小太郎を仕官させるという約束が交わされていた。

「大殿さまにも、どうかよろしくお伝えのほどをお願い申し上げます。では、これにて失礼をばいたします」

松田に退出の挨拶を述べた比企を、勘兵衛が玄関まで送っていくと、比企は、式台のところで立ち止まり――。

「で、例の仕官の約束の件だ」

「うむ」

「たしか、縣小太郎というて、年齢《とし》は十七であったな」

「たしかにそうだが、まずいのか」

「いや。そういうことではない。すでに、殿をはじめ主立った者にも根回しをして、内諾は取りつけておる。ただなあ……」

「どうした」

「元は大野藩にて三百石の御家だと力説したのだが、いやあ、扶持のほうがなあ……、まことに微禄だ」

「そりゃあ、ようやく賄料が一万俵になったばかりだからなあ。そう多くは望めぬ。で、いかほどだ」

「申し訳ないことだが、四十俵と決まった」

四十俵といえば、四十石に匹敵する。

勘兵衛の家は元もとは七十石の家であったが、父が無辜の罪をなすりつけられ、無役となったうえ、三十五石に落とされたことがある。

その俸禄で、親子五人が堪え忍んだ時代を思うと、小太郎にとって四十俵は、むしろありがたい話であった。

「なにしろ若輩のうえに、独り者だ。十分ではないか」

勘兵衛が言うと、

「そう言ってもらえると、気が楽になった。それでは、善は急げとも言うが、この二、三日のうちは、なにかとバタバタする。で、どうだろう。四日後の七日が大安《たいあん》なので、その日でどうだ」

「わかった。では、午後一番にでも、小太郎とともに屋敷に出向こう」

「では、そういうことで」

と決して、勘兵衛は、さっそくにも小太郎の住む紺屋町に向かうことにしたのだが、その前にすませておく用向きがあった。

曇天であることに変わりはないが、空を厚く覆っていた雲は和《やわ》らぎ、ときどきは薄日が漏れる。もう、雨の心配はなさそうだった。

京橋の北は南伝馬町三丁目、続く同町二丁目の間の十字路は、左右に広くとられた火除け地になっている。

明暦の大火後に作られた火除け地で、以前には長崎町というのがあったので、〈長崎町の広小路〉と呼ばれている。

それで元の長崎町は、霊岸島《れいがんじま》に移された。

その広小路の十字路を過ぎて、勘兵衛は北へと向かっていた。

やがて、南伝馬町の一丁目が尽きるあたり——。

そこには昔、楓川《もみじがわ》と江戸城外堀とを結ぶ運河（紅葉川《もみじがわ》）があって、続く日本橋南四丁目（通《とおり》四丁目）を結ぶ中橋《なかばし》という橋があった。

それを三十年ほど前の正保《しょうほう》のころ、春日局《かすがのつぼね》と同様に、三代将軍家光に仕えた老女お彦《ひこ》に御助成《ごじょせい》屋敷として下されるため、中橋から堀の西側までを埋め立てて、二千二百余坪の土地を造成した。

しかし、お彦は完成を待たずに還らぬ人となったため、結局のところは〈中橋の広小路〉と呼ばれる火除け地になっていた。

で、〈長崎町の広小路〉も〈中橋の広小路〉も、元禄《げんろく》のころには町家が許されて、南大工町だの、北槇町《きたまきちょう》だのといった町ができあがる、というのは余談だが——。

そういうわけで、すでに中橋はないが、まだ埋め立てられていない楓川の支流の紅葉川は、入堀のかたちで残っている。

埋め立てられた広小路を背に、勘兵衛は右折して、入堀南側の河岸道に入った。

まっすぐ進めば本材木町を突っ切り、そのまま楓川を越中橋で渡れば、八丁堀の伊《い》勢《せ》桑《くわ》名《な》藩の江戸上屋敷の海鼠《なまこ》塀に突き当たる、という道筋だ。

その河岸道の右手に並ぶ町は大鋸《おがちょう》町といい、入堀の向かい側に並ぶ町を下槇《しもまきちょう》町という。

松田の若党である八郎太から、詳しく道順を教えられ勘兵衛が訪ねていく先は、平川武太夫の屋敷を建てる、大工の親方、長六のところであった。

住まいは、越中橋に近い大鋸町二丁目ということだ。

八郎太からくわしく聞いてきたので長六宅は、すぐに知れた。

それでなくとも、背に〈長六〉と染め抜いた法被《はっぴ》の若い大工職人が、道端で木材に鉋《かんな》をかけていた。

「そなたが、長六どのか」

念のため、勘兵衛が声をかけると、

「親方なら、中におります。呼んでめえりましょうか」

「いや、それには及ばぬ。勝手に、お邪魔をしよう」

長六は四十半ばの穏やかそうな男で、

「ああ、あなたさまが落合さまでございますか。お名前だけは、［千束屋］の政次郎親分から聞いております」

「そうですか。長六さんは、政次郎さんとはお親しいんで？」

「とんでもございません。こちらのほうが、お世話をいただく一方でございますよ。いえ、［千束屋］さんの人宿を建てたり、修繕をしたりで知り合いまして、五年ほど前に、わたしが棟梁のところから独立してからは、ときどき仕事をまわしていただいております。近ごろは、貝杓子店《かいしゃくしだな》の隠居所も請け負わせていただきました」

話しぶりからしても、謙虚で、信用できそうな人柄であった。

「つきましては……」

長六の引いた図面で支障がないので、納期を来年二月末という条件で、見積書を出してほしい、と伝えた。

「はい。松田さまからは、安価に上げてくれと言われておりますので、せいぜい頑張らせていただきます。なに、とっかかれば、ひと月もあれば建ち上がりますんで、納期に問題はございません。しかしながら、まだ先もございますので、できますれば、職人たちの手が空いたとき、空いたときを使えば、ずいぶんと安上がりに上がりましようから、そういう段取りで見積もらせていただいて、よろしゅうございましょうか」

「より安く上がるのならば、否やはございません。小さな仕事で申しわけのないことですが、どうか、よろしくお願いをいたします」

「こちらこそ、どうか、よろしくお引きまわしのほどをお願いいたします」

言って長六は、正式な図面と見積書は、七日以内に持参いたします、と言う。

勘兵衛のほうも、今回の普請に関しては、自分が担当することになったと告げて、三日のうち二日は、松田の役宅に出ているからと言い、ついでのことに露月町の町宿も教えておいた。

するとと長六が、そろそろ昼どきなので、是非、近くの料理屋で午餐をご一緒に、と誘ってきたが、

「いや、せっかくのご好意ながら、ほかに所用がございますゆえ、またの機会に、ということでお許しを」

と、勘兵衛は固辞し、長六夫婦に見送られて河岸道に出た。

3

長六宅を出ると、すぐ右手が楓川に沿って延びる、本材木町通りである。

人馬でごった返す日本橋通りを避けて、勘兵衛は楓川の河岸道を選んだ。

越中橋を右手に、入堀に架かる橋を渡ると本材木町四丁目、のちには、すべての入堀は埋め立てられるのだが、延宝のこのころ、四丁目から三丁目、三丁目から二丁目、二丁目から一丁目の間には、楓川から櫛の歯のように入堀があって、それぞれに橋が架かっている。

例えば、本材木町四丁目と三丁目の間の橋は〈三四《さんし》の橋〉と呼んだ。

余談ながら、御府内に幕末には八ヶ所あったといわれる大番屋（被疑者の下吟味をおこなう番屋）のひとつ〈三四の番屋〉などは、この入堀が埋め立てられたのちにできた。

（それにしても……）

舟が行き来する楓川には風情があるが、少しばかり冬の川風が身に沁みる。

それで少しばかり、勘兵衛の足は速まった。

入堀に架かる最後の〈一二の橋〉を渡ると行く手には江戸橋が、右前方には弾正《だんじょう》橋《ばし》とも海賊橋《かいぞくばし》とも呼ばれる橋が見えてきた。

その橋を渡れば、町奉行所与力や同心の組屋敷が蝟集する、いわゆる八丁堀の旦那たちの町だ。

ゴーン。

正午の鐘が鳴りはじめる。

(そういえば、少し腹が減った)

ふむ。江戸橋を渡り、道浄橋《どうじょうばし》を渡った先の大横丁《おおよこちょう》に［ひさご］という料理屋があったな――。

最初は若党の八次郎に教えられ、つい二ヶ月ばかり前には、縣小太郎を誘って仕官話をしたところであった。

小太郎に吉報を伝えるのは、そこで昼食をとったのちに、ということにした。

軒下に看板代わりの瓢箪《ひょうたん》がぶら下がっている［ひさご］で昼膳を食し、再び大横丁を北に向かいながら、勘兵衛は考えた。

小太郎は、腹ちがいの弟妹や、その母親、さらには叔母や従姉など、実に八人もの係累と一緒に神田・紺屋町一丁目に暮らしている。

だが小太郎は、午後には松田町の［高山道場］に稽古に通うのが日課であった。

（と、なると、直接に［高山道場］に向かうが確実かもしれぬな）

そう思った。

さて、大横丁と呼ばれる南北の幹線道路は、東西に走る八丁堤のところで終わる。

神田八丁堀、あるいは銀堀《ぎんぼり》とも呼ばれる八丁堤は、元禄年間には崩されるが、江戸城堀端の竜閑町《りゅうかんちょう》から大門通《だいもんどおり》のところまで、東西に延延十数町も堀で囲まれた石垣を高く築いた火除け土堤だ。

といっても南北の交通を阻害せぬよう、道筋のあるところには、土堤の切れ目を造っていた。

その八丁堤を過ぎてのち、ひと筋、西の道を北上したところに小野派一刀流指南の［高山道場］がある。

稽古場に入ると、門弟たちが入り乱れていたが、見所《けんぞ》にいた師範代の政岡進が目ざとく勘兵衛を認め、

「やあ！」

元気な声で近づいてくる。

「うむ。ところで小太郎はきておるか」

「ああ、きょうは道着《どうぎ》の当番日で、裏の井戸端にいるはずだ」

新入りの若者が、二、三人ずつの交代制で、道場着の洗濯をおこなうことになっていた。

「そうか。ちょいと小太郎に用があってな」

「じゃあ、呼ぼうか」

「いや、こちらからまいろう」

断わりを入れて、裏にまわった。

「まことでございますか」

勘兵衛が手招きして呼んで、裏庭の片隅で事の次第を告げると、小太郎の目が輝いた。

「しかし、俸給は年に四十俵だ。まあ、ようやくに大名並に扱われるところだから、それがせいぜいのようだ。それでもかまわぬか」

「元より、なんの不足がございましょうか。いや、ありがたいかぎりです」

「ところで、おまえ、紋付袴は持っておろうな」

「元服の折に、落合さまがご準備くだされたものでよろしいでしょうか」

「おう、あれで十分だ」

「それなら大切に、江戸まで持参してございます」

小太郎の元服にあたっては、勘兵衛の父の孫兵衛が烏帽子親《えぼしおや》になって、必要な着衣を準備した。

「では、その折には、わたしも同道して比企どのに引き合わせるゆえ、おまえは着衣を整えたうえで、四日後の七日にはまちがいなく、午前のうちに我が町宿までくるのだぞ」

「必ず、まいります」

「うむ。おそらくは、その日から、おまえは西久保にある松平直堅さまの屋敷暮らしとなろうから、その点も、きちんとご家族に話しておくのだぞ」

「はい」

「よし、用というのは、それだけだ」

「なにかとお世話をおかけします。この御恩は決して忘れるものではございません」

「水臭いことは言うな」

勘兵衛は、少しく、むずがゆい気分になった。

「ところで……」

小太郎が、小首を傾げた。

「どうした」

「西久保というところは、どのあたりになりましょうか」

「おう、そうであったな」

小太郎が江戸にきて、やっと三ヶ月であった。

「愛宕下の、我が上屋敷の場所は知っておろうな」

「はい」

「うむ、では、その門前に聳える愛宕権現社は、どうだ」

「まだ、上ったことはございませんが、愛宕山という、小高い丘の上の権現社でございますな」

「そう。西久保はな。江戸屋敷から見て、その愛宕山の反対側にあたる」

現代でいうなら、越前大野藩の江戸屋敷は、東京慈恵会医科大学のキャンパス内にあたり、松平直堅の西久保神谷町の借り屋敷は、芝公園三丁目の桜田通りに近い、聖アンデレ教会あたりにあった。

「すると……」

さらに小太郎は、首を傾げて言った。

「この道場に、毎日、通うことなど無理でございましょうな」

「なにしろ、距離が離れておるからな。とても毎日は無理であろうよ。だが、剣の修行なら、新たな仕官先には、新保龍興《しんぽたつおき》という剣客がいて、家士たちに剣術指南をしておるから、そこで学ぶという道もある」

「流派は、なんでございましょう」

「火風流《かふうりゅう》だ。燃える火に、吹く風と書いて火風流」

「火風流……？」

　またも小太郎は、首を傾げた。

「知らぬで当然、新保龍興が、数年前に新たに創設した流派だからな。だが、元は神明夢想流より出でた伯耆流《ほうきりゅう》の流れを汲んだものだ。ほれ、この夏、故郷の坂巻道場で、わたしが居合《い》の〈磯之波〉の型を演じたのを覚えておるか」

「もちろんでございます」

「うむ。あれを、わたしに教授してくだされたお方が、新保龍興どのの、義父上《ちちうえ》にあたるのだ」

「ははあ……」

　ようやく小太郎は、安堵したような表情に変わった。

　勘兵衛は、さらに言った。

「ときおりは、この道場に通うもよし、まだ入門したばかりだが、すっぱり縁を切るもよし。それは、おまえの考え次第だ。それによっては、わたしから道場主に、それなりの挨拶をしていってやる」

さほど考えることもなく、小太郎は答えた。

「いえ、やはり、暇を見つけては、ここに通わせていただきます」

「そうか。では、これより、高山どのには、わたしから事情を話して、よしなにお願いをしておこう」

「お世話をおかけします」

頭を下げてくる小太郎に、

「四日後の七日だ。忘れるなよ」

念を押したのち勘兵衛は、さっそく道場主である高山八郎兵衛《はちろべえ》の居室に向かった。

4

「ほう。小太郎の仕官先が決まったのか。それはなによりだ。いや、めでたい」

高山は率直に喜び、小太郎の希望を快く許してくれた。

「ところで、異なることをお尋ねいたしますが……」

勘兵衛は、おもむろに別の話題に入った。

「ふむ？　なんであろうの」

「佐久間町に関口流の朝比奈道場というのがあるのですが、ご存じでしょうか」

「なに……朝比奈道場」

目も鼻も口も大作りな、高山の目が驚いたような色を帯びた。

（はて……）

どういうことだ、と勘兵衛が思っていると、高山が苦笑しながら言う。

「いや。油断のならぬやつだ。どこから、朝比奈道場とのことを嗅ぎつけたのだ」

「は？」

今度は、勘兵衛のほうが呆気にとられ、

「いや。嗅ぎつけたなどと……。実は、少しばかり頼まれごとをいたしまして、その道場主にお教え願いたいことがあるのですが、一面識もないお方ですし、あいにくと、これといった伝手《つて》もなく、高山先生ならば同じ江戸での道場主同士ゆえ、もしかして交流でもあろうか、とお尋ねしたのですが……」

「なんだ。すると、俺の早とちりか」

「早とちりと申しますと……」

「いや。朝比奈道場との関わりについては、妻子以外には、誰も知らないはずなのに、と、つい不思議に思うたものだからな」

「ははあ」

勘兵衛にはまるで、ちんぷんかんぷん、なのである。

「すまぬ、すまぬ。いや、朝比奈道場の主は朝比奈隆治《たかはる》というてな……。まあ、隠さねばならぬことでもないから、勘兵衛どのには打ち明けるがな。朝比奈どのとわしとは、なんというか、幼馴染みのような……。いや、はっきり言えば、わしには恩人にあたるお人なのだ」

「ははあ、幼馴染みといいますと、同郷の……」

そういえば、勘兵衛は高山八郎兵衛《はちろべえ》の、来し方さえ知らないでいた。

「そういうことだ。朝比奈どのの父御と、わしの父は、いずれも摂津尼崎《せっつあまがさき》藩、青山《あおやま》家の家士であってな。隆治どののほうは三男、わしは次男の、いわゆる冷や飯食いという口よ」

「摂津の尼崎でございましたか」

「さよう。幼馴染みというても、隆治どのはわしより五歳年上で、まあ、いわばガキ大将のような存在であったのだ。もっとも、隆治どのの父御はご重役、わしの父は物頭と、そうとうに家格はちがったのだがな」

「…………」

高山八郎兵衛は謙遜したが、たしか尼崎藩の青山家は譜代の四万八千石、そこの物頭（弓組、鉄砲組などを率いる足軽大将）といえば、けっこうな家格のはずであった。

「あれは、わしが七つのときだったか、隆治どのの父御が江戸家老に昇進されて、一家で江戸に移って、我らは離ればなれになったというわけよ」

「ははあ」

それから時日は流れ、八郎兵衛は故郷、尼崎の地で小野派一刀流の道場を構える［高山道場］で剣術に打ち込み、免許皆伝を与えられる。

「道場の三羽烏と称されて、わしは得意満面であったのだが、そんななか、あの朝比奈隆治どのが江戸で剣術道場を開いた、との噂が耳に入ってきたのだ。いやあ、正直、羨ましかった」

青雲の志を抱いて、自分も江戸へ……と、まだ青年だった八郎兵衛は江戸を夢見た。

「折も折、我が師も高齢に達し、跡継ぎもなかったもので、嫁がせていた一人娘の子、つまりは孫娘を養女にとって、それをわしが娶って入り婿にならぬか、との話が起こった」

つまりは、入り婿、入り嫁という形式だが、八郎兵衛を［高山道場］の後継者にという話は、紆余曲折《うよきょくせつ》はあったものの、落ち着くところに落ち着いて、高山八郎兵衛という新しい道場主が誕生した。

（そうか。高山という姓は、それ以来のものか……）

勘兵衛は、そう思いながら、思い出語りをする八郎兵衛の話に耳を傾けた。

「だが、いかんせん、そのとき二十五歳という若輩者の道場主など、まあ、多少のやっかみもあったのであろうが、それまでいた門人が一人去り、二人去りといった具合であってなあ」

そうこうするうちに、養父でもあった老師が身罷《みまか》った。

「ちょうど、三十歳のときであった。いわば、人生のひとつの節目でもあった。そんなこともあったのかもしれぬ。養父の葬儀を終えたのち勃然《ぼつぜん》とわしに、かつての青雲の志が甦ったのよ。江戸こそが武の都、尼崎という井の中の蛙《かわず》ではならぬ。心機一転、江戸に出よう、とな」

そこで道場を畳み、妻子を連れて江戸へ出た。

「さっそく道場を開く場所を物色した。ところが慣れない江戸では右往左往するばかりだし、想像以上に、江戸の地価は高く、貯えや、道場を売り払った金に、実家からの援助分を加えても、とても間に合いそうにない。ここはひとつ、もう二十数年も遠ざかってはいるが、この江戸で、道場を開いたと聞いた朝比奈隆治どのに相談してみようと思いいたったのだ」

朝比奈隆治は、高山の来訪を懐かしがり、話の骨子を聞くなり、よし俺にまかせておけ、と快く胸を叩いたそうだ。

蛇《じゃ》の道は蛇《へび》、というが、朝比奈は同業の情報にも通じていて、たちまちのうちに、そろそろ閉じようかという町道場を見つけ出してきた。

それが、この松田町の道場で、そっくり居抜きで買って、看板だけを［高山道場］と付け替えれば済んだ。

足りない金子《きんす》は、数寄屋橋御門内にある尼崎藩江戸屋敷にいる江戸家老、すなわち朝比奈隆治の実父に話をつけて、尼崎藩から借用の段取りもつけてくれた。

「それだけではない。上屋敷だけではなく、浜町堀近くにある中屋敷の家士や、その子弟たちを門人に紹介してくれて、このわしの道場が船出したのが、江戸に出てきた翌年のこと。この道場も、今年で足かけ十四年になるが、こうして今あるのも、朝比奈どののあってのことなのだ。恩人というのは、そういうことなのだ。幸い、借財はすべて返し終わったがのう」

「ははあ、そのようなことが……」

人それぞれに、さまざまな人生を歩んできているのだなあ。

過日に聞いた、この道場の師範代、政岡進の来し方も併せて、勘兵衛はしみじみと思った。

玉が触れあって、かすかに音を立てることを玉響《たまゆら》というが、幼少のころに出会った人と人の縁が、今の八郎兵衛の人生をも変えた、ということか。

（いや。いい話を聞いた……）

そんな余韻に耽っている勘兵衛に、

「いや。思わぬ長話になってしもうたのう。で、朝比奈どのに、なにか用でもあるのかな」

高山が、少し照れたような表情で言う。

「はあ。ある事情がありまして、昔のことをお尋ねしたいと思うたのですが……」

朝比奈隆治にとっては、決して愉快ではない話題だろうし、むしろ血腥《なまぐさ》い話題だから、勘兵衛は少し気分が引く思いだ。

「どのような内容かは聞かずともよい。添状《そえじょう》くらいなら、すぐに書いてやるぞ」

「お願いできますか」

「おやすい御用だ」

さっそくに高山八郎兵衛は文机に向かうと、さらさらと筆を使いはじめた。

その間に勘兵衛は、

（そうか。この［高山道場］は、今年で足かけ十四年というたな……）

［吉野屋］の藤八から聞いた、あの仇討ち一件の大元である殺傷事件が起こったのは、明暦四年（一六五八）の三月……、もう十九年も昔のことで、高山が荒川三郎兵衛を知るはずもないな、などと考えている。

5

十一月七日は、縣小太郎の前途を祝するかのような快晴で、羽織袴姿に山城大掾《やましろだいじよう》國包《くにかね》の太刀を帯び、四ツ（午後十時）過ぎには晴れやかな顔で、露月町の町宿にやってきた。

だが、身のまわりの品を詰めたらしい大風呂敷が、ややちぐはぐではあった。

國包銘の太刀は、伊達政宗《だてまさむね》も愛用した仙台藩お抱えの刀工の作で、小太郎の父の形見の名刀である。

「では、そろそろまいろうか」

座敷でかたちばかりの祝い事をして、頃合いを見て勘兵衛は言った。

「あれ、中食《ちゅうじき》はどういたしますので」

供を命じておいた若党の八次郎が言う。

「まあ、相変わらずの食い意地ですこと」

園枝にからかわれた八次郎は、

「いや、しかし……」

憮然とした顔になった。

勘兵衛が言う。

「心配をいたすな。ちゃんと考えておる。うまいものを食わせるゆえ、楽しみについてこい」

「あ、そういうことで……」

とたんに八次郎は、にこにこして、

「そりゃ、そうでしょうな。小太郎さんのめでたい門出でありますからな」

一人、納得している。

元より勘兵衛も、その心づもりで、園枝には、きょうの昼餉の支度は不要、と前もって言っておいたのである。

小太郎の大風呂敷は八次郎に持たせ、園枝に、ひさ、それに飯炊きの長助《ちょうすけ》も揃っての見送りで、三人で町宿を出た。

「旦那さま、まずは大名小路に出て、増上寺御成門から芝の切り通しという道筋で、よろしゅうございますか」

尋ねてくる八次郎に、

「それがわかりやすかろうな」

まだ江戸の地理には不慣れな小太郎のために、八次郎には、道案内を兼ねた説明をしてやるようにと命じている。

さっそくに八次郎は、

「小太郎さん。今後のこともあるから、西久保神谷町までの道筋を、しっかり頭に入れておくんだぞ」

「はい」

さっそくに八次郎は、

「この左手に続く海鼠壁が、仙台・伊達家の中屋敷でな、突き当たった先を左右に通るのが、正式には広小路通りというが、大名屋敷がずらりと並んでおるので、愛宕下の大名小路とも呼ばれる通りだ」

得得と説明をはじめ、その通りを左折したのちは、

「ほれ、突き当たりに見えるが芝の増上寺、将軍家の菩提寺で、二代将軍秀忠公の墓所がある」

すると小太郎、さすがにうるさく感じたのであろうか、

「はい。そのことは、以前にも八次郎さまから教えられました」

「お、そうであったかなあ」

「はい。増上寺に突き当たったところを右折して、さらに突き当たりから芝の切り通しに入り、やがて三叉路となったところの右手の道を下れば西久保神谷町、いや、実は、二日前に、一応、松平直堅さまの御屋敷を下見してまいりました」

「なんだ。それを先に言え」

八次郎は白《しら》けたような声を出し、

「これは、申しわけありませんでした」

小太郎が、ちょいと小腰をかがめる。

そんなやりとりを聞きながら、勘兵衛は頬に笑いを刻みつつ、無言で進む。

おかげで、八次郎の饒舌《じょうぜつ》も熄《や》んだ。

ちょうどそんな折、切り通しにある時鐘が正午を告げはじめた。

すると、憮然としていた八次郎の様子が、妙にそわそわする。

なにか言いたげだが、こらえている様子だ。

(どこで、なにを食うのか、と考えているのだろうな)

勘兵衛には、八次郎の心配が手に取るようにわかる。

このあたり、武家地であるから食い物屋などない。

切り通しに入れば、周囲は寺町で門前町はあるが、また然《しか》り。神谷町にも、ろくな食い物屋はない。

そんなことを考えているのであろう。

だが、この八月、青松寺の門前町に［あき広］という穴子飯の店ができている。

元は愛宕山の崖通りの茶屋であったのが、引っ越してきたものだが、八次郎はまだ、そのことを知らないようだ。

勘兵衛が江戸に出てすぐ、親友の伊波利三《としぞう》が連れていってくれたのが、愛宕山にあった［あき広］で、青松寺門前町に移った［あき広］には、勘兵衛が比企藤四郎に小太郎の仕官を頼みにいったとき、二人で立ち寄っていた。

（まことに美味ゆえ、八次郎も、さぞ喜ぼう）

そんなことを思いながら、勘兵衛は、なお無言で歩みを進めた。

# 人智の及ばざる人の縁

## 1

〈名物穴子飯〉と書かれた幟《のぼり》を掲げた［あき広］の下足番は、ひと月以上も前にきた勘兵衛のことを、よく覚えていたうえに、赤前垂れ（接客女）まかせにはせずに、女将《おかみ》自らが勘兵衛たちを二階座敷に案内した。

「いやあ、顔ですなあ」

八次郎が言うのに、

「なに。ここには、きょうが二度目だぞ」

「へえ」

信じられぬ、という顔になった八次郎に、

「下足番の爺さんがいただろう」

「はい」

「実は、あの爺さんは広兵衛《こうべえ》というて、安芸《あき》から出てきて、愛宕山に穴子飯の茶屋を開いた。それが店名の由来で、その茶屋には伊波に連れていってもらった。ここは、あの爺さんの伜が二代目を継いで、つい、この八月に店開きをしたばかりだ」

「ははあ、なるほど。そういうことですか……」

八次郎は、道理で知らなかったはずだ、とでも言いたげな声を出した。

暫時《ざんじ》が過ぎて――。

「いやあ、うまかった」

穴子飯を食い終わり、大満足で、にこにこ顔になっている八次郎に、

「ところで八次郎、先さまにも都合があるだろうから、すまぬが先触れを頼みたいのだがな」

「承知いたしました」

上機嫌で、八次郎は二階座敷を出ていった。

すると小太郎が、

「たいそうご馳走に相成りました。このように美味なものを食したのは、生まれて初

めてのことでございます」

漏らした感想は、おそらく正直なものであったろう。

「ここは仕官先からも近いし、さほどに高額な店ではない、これから何度も機会があろう」

言って勘兵衛は、座敷の壁に貼られているお品書きを指した。

穴子飯は、松、竹、梅とあって、それぞれ百文、八十文、六十文と明示されている。

四十俵取りになる小太郎なら、たいした負担にはならない店だろう。

とはいえ、松の穴子飯の値百文は、職人の日当の四分の一に相当するのだが……。

小太郎と、あれこれ話して待つうち、小半刻ほどのちに、八次郎が戻ってきた。

「はい。比企さまにお目通りして、ご都合を伺いましたるところ、しばらく待てとのことで、次には、いつにてもよい、とのお返事でございました」

「そうか。では、そろそろまいろうかの」

勘定をすませて、［あき広］を出た。

西久保八幡社に近い、直堅の借り屋敷の門前で待ち受けていた比企藤四郎に、まずは小太郎を引き合わせる。

互いの挨拶が終えたのち、比企が言う。

「ところで縣どのは、しばしは家老預かり、ということになり申した。ま、適性を見たうえでお役目を決めるということでござるよ。ところで、勘兵衛どのがこられるというので、殿はじめ主立ったものが集まり、待っておられる。まずは、そちらへご案内しましょう」

「そうですか」

松平直堅が、まだ幕府に認知されない権蔵といったころに、勘兵衛は、権蔵や権蔵の元に集ってきた福井からの脱藩者たちを、秘かに葛飾郡《かつしかぐん》の押上村《おしあげむら》に隠棲させていた時代があった。

それで、直堅家の主立ったものは、勘兵衛に必要以上の恩義を感じている。

それが少少、勘兵衛には面映ゆく感じられて、比企とは、いつもこの屋敷外で会うことにしていたのだが、きょうばかりはやむを得まい。

そこで勘兵衛は八次郎に、

「というわけだ。どれほど時間を食うかもしれぬから、おまえは、先に戻ってもいいぞ」

「じゃあ、そうさせてもらいましょうか」

預かっていた大風呂敷を小太郎に返すと、八次郎は戻っていった。

あとは比企の案内で、勘兵衛は松平直堅はじめ、直堅家の主立った者が揃う座敷で、小太郎を引き合わせて挨拶を述べ、さらには——。

「永見さま、縣小太郎のこと、よしなにお引きまわしくださいますよう、よろしくお願い申し上げます」

小太郎がしばらく家老預かり、と聞いたので、勘兵衛は特に永見吉兼に願った。

「なんの。見れば、いかにも凛凛《りり》しき若者。大切にお預かりするゆえ、御懸念には及びませぬ。それより落合どのは、我らの大恩人、ご多忙ではあろうが、ときどきは顔をお見せくださらねば」

永見吉兼が言い、松平直堅も、

「そうじゃ。わしとそなたは、同い歳ゆえ、いろいろ相談相手にもなってほしいものだ。もっと足繁く遊びにきてほしいと、わしも願っているぞ」

ことばづかいも、だんだんに殿さまらしくなってきたな、と感じながら、

「ありがたき、おことば、いたみ入ります。はい。ときどきは参じましょうほどに、ところで本日のところは、そろそろ退散させていただきます」

深く頭を下げたのち、

「それでは小太郎、存分にお仕えして、皆みなさまに可愛がってもらうのだぞ」

実は勘兵衛、小太郎を連れてきたついでといってはなんだが、もうひとつ用向きがあった。

「では、皆みなさま、きょうのところは、これにて退出つかまつります」

言って立ち上がると、比企もまた立ち上がった。

「はい」

との返事を聞いて、

それで、比企に目配せをするつもりだったが、その必要はなかった。

比企は比企で、なにやら勘兵衛に話すことがあるようだ。

この借り屋敷には、当初は玄関と呼べるような代物《しろもの》はなかった。

ところが昨年の秋に、それまで捨て扶持五百俵だったのが、合力米五千俵と一気に十倍になった。

すると、旗本並に扱われるので、式日にはそれなりの行列を仕立てて、江戸城へ向かわねばならない。

そこで大急ぎで乗物を整え、式台付きの玄関を造作した。

にわか普請であったので、どうにも、とってつけたような玄関になっている。

その玄関脇に小部屋がある。

比企は、そこへ勘兵衛を誘った。

2

「実はな……。先日は言いそびれたが、福井の父から、ようやくに便りが届いた」

さっそくに、比企藤四郎が言う。

「お、それで……」

比企藤四郎の家は、越前福井藩では四百石の家で、父である比企義重《よししげ》は御先武頭《おさきぶがしら》を務めていた。

その義重は五十代半ばで体調を崩し、それで隠居を決めて、嫡男の藤四郎に家督を譲った。

そして藤四郎は、御使番の役についたのだが、四代藩主であった松平光通《みつみち》が後継者には異母弟の昌親《まさちか》を、と遺言して自死を遂げた。

自死の原因は、隠し子にしていた権蔵に出奔されて、行き方知れずになったのを苦にしてである。

だが、光通の遺言どおりに幕府が認めるかどうか、ご重役たちが幕閣に対して、諸届けやら付け届けやら、忙しく動き出しはじめて、まもなくのこと――。

出奔していた権蔵の行方が判明した。

権蔵は、大叔父にあたる松平直良を頼って、越前大野藩江戸屋敷に匿われていたのである。

隠し子だったとはいえ、権蔵こそが先君の実子、つまりは正嫡ではないか。

そう信じる藩士たちが続ぞくと脱藩して、江戸へと向かった。

比企藤四郎も、そんな一人である。

だが、幕府は光通の遺言どおりに、松平昌親を五代藩主と容認した。

それにより福井藩では、脱藩者の家すべてを改易に処した。

その後の権蔵は、松田与左衛門や落合勘兵衛などの努力によって、晴れて越前松平家の一員と幕府によって認知されたが、福井藩の後継者とは認められず、最初は五百俵の捨て扶持からはじまり、次いで五千俵の合力米に、そしてこのたびは一万俵の賄料を得て、大名に列せられることとなった。

その間、比企藤四郎は父に宛てて、江戸にて一緒に暮らしましょう、との書信を、幾たびか送っていたのであるが、返事は梨の礫《つぶて》であった。

ところが、今回ばかりは返事があったという。

勘兵衛は、重ねて尋ねた。

「いよいよ、江戸で暮らされると決意されたのでしょうね」

「わからぬ」

と、藤四郎。

「親父どのが言うには、我が還暦のうちに決着をつけたい。それゆえ、書信のやりとりでは、はかがいかぬゆえ、直接に出会うて話し合いたい、とのことでな」

ちなみに還暦は、現代では満六十歳という考え方が主流であるが、この時代では、いわゆる数え年なので、六十一歳のときだ。

つまり、藤四郎の親父どのの書信からいうと、今年じゅうには、ということになる。

「そうですか。で、いつ、どこで、と決まりましたのか」

「ふむ。きたる十二月二日に、板取宿《いたどりしゆく》の旅籠《はたご》でとの指定があった」

「それは、また、急なことですね」

「それで、今月の二十一日には、江戸を出立する心づもりにしている」

勘兵衛は、昨年に園枝との仮祝言のため、八次郎とともに帰郷したとき、その板取宿を通過している。

近江国《おうみのくに》から栃ノ木《とちのき》峠を越えたところに、福井藩の口留《くちとめ》番所（関所）があって、そこを通過したところが板取の宿場で、旅籠は七軒ばかりあった。

「番所では旅手形を改められましょうが、大丈夫でございますか」

比企藤四郎は、福井藩にとっては脱藩者である。

今は、松平直堅家の家臣とはいえ、下手をすれば下手をする。

「そこで、勘兵衛どのに頼みがあってな」

「わかりました。わたしの名で旅手形を作りましょう」

打てば響くように、勘兵衛は答えた。

「すまぬな」

「なんの。それより、御尊父さまが納得してくだされればよろしいのですが」

「うむ。思えば血気にはやったとはいえ、親不孝をしたものだ。だが福井の空と江戸の空……戴く空は異なることになろうとも、親父どのとは再び同じ屋根の下で一緒に暮らしたい……。真心こめて願えば、親父どのも納得してくれようかとも思うのだ」

「そうですとも。それが親子の情愛というものです」

勘兵衛は勘兵衛で、藤四郎を力づけたが――。

「そうは言うもののな……」

ふと、比企のまなざしは揺らぐ。

「俺には、とっくに嫁いでいる姉が一人に、他家に養子に出た弟がいてな」

「あと三人、すでに死別した弟に姉や妹がいて、その墓所は、すべて福井にはある」

「はは あ……」

「…………」

なるほど、それだけ揃っていれば地縁《ちえん》に縛られて、藤四郎の父御が、容易に福井の地を捨てがたいであろうことが、勘兵衛にもひしひしと感じられた。

「おまけに、我が母の墓所も寺町の教徳寺《きょうとくじ》にある、といった具合でなあ」

「なに、比企どのの御母堂は物故なされておられたか」

「そうなのだ。父にはほどなく後妻がきて、我が義母となったのだが、これまた、福井藩士の娘であってなあ」

（こりゃあ）

まさに、がんじがらめに地縁に縛られている。

そんな両親を、この江戸に……。

（はたして、迎えることができようか）

ようやく勘兵衛は、比企の苦悩の深さを知ったのである。

次に比企は、吹っ切るような元気な声に戻って言った。

「ま、やれるだけのことはやる。それで話が流れようと、親父どのには詫びるところは詫びて、今生《こんじょう》の別れとする覚悟だ」

「そうか……」

勘兵衛には、言うべきことばが見つからない。

「では、明日か明後日にでも、八次郎に道中手形を届けさせましょう」

そう言うのが、精一杯であった。

「うん。よろしく頼んだ」

勘兵衛は、話題を変えた。

「ところで、新保どのにお会いしたいのだが、今は……」

「おう。新保なら元気だ。裏庭に……というても、この屋敷は三百坪ばかりしかないでな。それで裏庭をつぶして、まことに粗末ながら剣道場を建ててな。その横の小屋に父子二人で暮らしておる。案内をしよう」

比企が立ち上がった。

## 3

新保龍興は、勘兵衛に〈残月の剣〉を伝授してくれた、故百笑火風斎の娘婿であった。

吉野天河郷《よしのてんかわごう》に存《そん》する位衆傳御組《いしゅうおとなぐみ》という結《ゆい》（南朝天皇の守護組織）の長《おさ》の家に生まれた火風斎は、剣の修行のため若いころより諸国をめぐった。

そして神明夢想流の流れを汲む伯耆流を興した片山伯耆守《かたやまほうきのかみ》を師と定め、免許皆伝を得て故郷に戻る。

さらには、工夫研鑽を怠らずに〈百笑流〉と称する剣法を編み出した。

新保は、そんな火風斎が見込んだほどの剣の遣い手であったが、なにしろ天下というのは広い。

新保の剣技を、さらに磨かせ、その名を高めさせるために、新保夫婦と三歳になる孫の龍平《たっぺい》の三人を江戸に向かわせた。（第三巻：残月の剣）

それから、七年の月日が経った。

病を得、死期を悟った火風斎は、自ら編み出した〈残月の剣〉を伝えるべく吉野の地を出て江戸をめざした。

だが江戸に着き、新保一家が寄留しているはずの浅草鳥越の寿松院《じゅしょういん》に、あと一歩というところで火風斎は病に倒れ、意識をなくした。

そこにたまたま勘兵衛が行き合い、当時の住居であった猿屋町《さるやちょう》の町宿に運び込んで、養生をさせることにしたのである。

ところが寿松院に、すでに新保龍興の姿はなかった。

寺の話によれば、新保は佐久間町にある朝比奈道場で師範代をしていたが、風邪が元で妻女を喪ったのが元で、ついに酒浸りとなって人が変わった。

道場にも行かぬし、酔って乱暴を働くようになったため寺を出され、その後の行方は知らぬという。

ようやくに勘兵衛が探し出した新保は、回向院《えこういん》の境内で、一人百文で木刀を渡し、自らは目隠しをして、これを打たせる。見事に打てれば賞金一両、といった商売をしている浪人になり果てていた。

そうやって稼いだ金も、結局は酒に変わるという自堕落ぶりであった。

しかも住居はというと、小名木川《おなぎがわ》沿いにある猿江村《さるえむら》の百姓家の納屋で、十歳になる一人息子の龍平が、健気《けなげ》にも近くのうなぎ沢で鰻を捕らえては、それを朝一番に永代寺門前の茶屋に売って生活を支えていたのである。

そんな新保龍興も、今ではすっかり立ち直り、縁あって、この松平直堅家の剣術指南役におさまっていた。

「こっちだ」

比企が案内に立って、本邸と塀際に建ち並ぶ足軽長屋の間の狭い通路を進む。

やがて、小広い平地に出て、井戸の向こうに仮普請のような粗末な造りの建物が見えた。

竹刀《しない》の音が、そこから洩れてくる。

「あれか」

勘兵衛が問うと、比企が顎を引いた。

「じゃあ、ここまででよい。少しばかり新保さんに用があってな」

勘兵衛が言うと、

「そうか」

比企はあっさり言って、狭い通路を戻っていった。

（ふうむ）

大名並とはいいながら、あまりに貧弱な屋敷ではないか――。

改めてのように、勘兵衛は思う。

幕閣においては、直堅を大名並に扱うについては、拝領屋敷も与える心づもりだったのを、大老の酒井雅楽頭のひと言で、没になったと聞いた。

拝領屋敷ともなれば、大名並なら、少なくとも二千坪ほどの拝領地が与えられるが、ここは借り屋敷のうえに、僅かに三百坪……。

町与力の屋敷地と、おっつかっつの広さしかない。

(おのれ、雅楽《うた》めが)

勘兵衛にとっても、酒井大老は不倶戴天《ふぐたいてん》の敵に等しかった。

その大老は、越後高田藩の松平光長や、その国家老である小栗美作《おぐりみまさか》と大いに気脈を通じていた。

そして光長は、言いがかりとしか思えない理由で松平直堅となる前の権蔵を憎み、刺客をさし向けたほどだ。

酒井大老が、直堅への拝領地をつぶしたのは、明らかな嫌がらせである、としか勘兵衛には思えなかった。

権蔵が刺客の一団に狙われていると知った勘兵衛は、[千束屋]の政次郎の協力によって、江戸郊外の押上村に〈火風流〉と名づけた剣道場を建てて、そこに権蔵や福井からの脱藩者を隠したものだ。

そんな隠遁のための仮道場よりも、はるかに粗末な剣道場を眺め、勘兵衛は小さな溜め息をついた。

やあーっ！

竹刀を交わす音に混じり、聞こえてきた気合いは、若くはあるが、なにやらくすんだような、かすれ声であった。

（もしや……）

龍平か、と勘兵衛は思った。

（ふむ）

龍平は十三歳、そろそろ声変わりする年齢になっている。

そんなことを考えながら、観音開きの板戸を引いて中に入った。

見所《けんぞ》もない、見事になにもない二十畳ほどの板張り道場の真ん中で、片やが青眼、片やが中段に構えて、二人の男が竹刀《しない》を構えていた。

やはり、新保父子であった。

しばし試合ぶりを見物するつもりの勘兵衛であったが、

「龍平、客人じゃ。ここまでにしよう」

いち早く勘兵衛に気づいた新保が言い、龍平は「はい」と答えたのち、まっすぐに勘兵衛に近づいてくる。

三年ぶりであろうか。

（いやあ……）

ぐんと背丈も伸びて、筋骨も逞しくなったな。

「落合さま。お久しゅうございます。その節には、まことにお世話になりました」

その後の成長ぶりを窺わせる、しっかりした挨拶を龍平はした。

「うむ。ますます逞しゅうなられたようで、安堵した。ところで、声変わりか」

「はあ、そうらしゅうございますが、どうにも奇妙で、落ち着きませぬ」

「そうであろうな。だが、男児であれば、誰もが通る道だからな」

はて、自分は幾つのときに声変わりをしたのであったか——。

勘兵衛は、そのときのことを思い出そうとしたが、不思議に明確な記憶はなかった。

「なんですか。落合さまの知辺《しるべ》のお方が、きょう、仕途《しと》に就かれると仄聞《そくぶん》いたしましたが……」

「さよう。我が故郷《ふるさと》の剣道場で弟弟子であった者で、縣小太郎という。まだ十七歳だから、龍平どのとも歳が近い。親しくしてやってくれ」

「親しくなどとは畏れ多うございます。兄と思うて可愛がっていただきましょう」

　これまた、龍平はそつのない返事を返した。

　父の新保龍興のほうは、今でこそましになったが、生来の偏屈者で人間嫌い、そのくせ誇り高く、一旦挫折を味わうと心をくじかれ、鬱鬱《うつうつ》と不満ばかりを腹の中へ溜め込んでいくような人物であった。

　それゆえ、比企によれば、剣術は熱心に教えるが、いまだ人づきあいは苦手のようだという。

　一方、子息の龍平のほうは、かつて味わっていた逆境にも負けず、素直に伸びやかに成長していく。

（トンビが鷹を……という口だな）

　勘兵衛は、そんなことを思った。

「いや。お久しゅうござる」

　そのトンビ、いや新保龍興が一礼して、勘兵衛に話しかける。

「その、なんだ……。あばら屋とも呼べぬ、小屋掛けの住み処だが、一服、茶でも進ぜよう」

　道場脇の小屋を指す。

比企藤四郎からも聞いたが、父子二人は、そこに暮らしているようだ。

勘兵衛は答えた。

「それはありがたく思いますが、茶なら、今し方本邸のほうで、いただいてきたばかりです。それより、きょうは、新保どのに、少しばかり尋ねたいことがございまして、かく、お邪魔をした次第です」

「む……、そ、そうか。いや、なんであろうの。わかった。では、ここで伺おうか。これ、龍平」

「はい。では、わたしは部屋のほうに。落合さま、失礼いたします」

龍平は消え、勘兵衛と新保の二人きりになった。

「とりあえずは、座りましょうか」

「む……、む、そうであったな」

道場の入口近く、板張りの上に二人してあぐらをかいた。

4

「ちと、おかしなことを、お尋ねします」

まず勘兵衛は新保龍興に、そう断わりを入れた。

実は勘兵衛、四日前に松田町の［高山道場］で高山八郎兵衛から、朝比奈道場の主、朝比奈隆治への添状を書いてもらった。

その足で、さっそく佐久間町に向かって、朝比奈隆治に面会をしたのではあるが――。

事は、［吉野屋］藤八から依頼された、例の荒川三郎兵衛の消息についてである。

五十路《いそじ》に入ったばかりという朝比奈隆治は、折り目正しきなかにも豪快さを漂わせる人物であったのだが、

――なに、荒川三郎兵衛とな？

一瞬、眉を曇らせたのち、ふーっと長く息を吐いてから言った。

――落合どのは越前大野藩の家士、と高山の添状にあったが、もしや陸奥白河藩に、なにやら縁《ゆかり》のあるお方かな。

――いえ、そういうわけではございませんが、ほんのなりゆきから、荒川どのの消息を調べてほしい、との依頼が転がり込みました。

と、勘兵衛は、正直に答えた。

――さすれば、やはり、仇討ちに関することであろうか。

——さようでございます。

——そういうことか。では、有《あ》り体《てい》に答えねばならぬな。

——できますれば。

——というても、もう二十年ほども昔の話だ。おまけに、この地に拙者が道場を構えて、一年も経たぬうちに、あの荒川が、白河藩の家士を斬り殺したと聞いて、もう驚くほかはなかった。その夜をかぎりに、荒川は、いずくかに逐電して行方知れず……。一方、白河藩上屋敷のほうも、誰が、どのような理由で殺害されたのか、いっさいは知らされぬままでのう。いったいなにが起こったのかもわからぬうえに、正直に言うて拙者は、その後の荒川の消息については、なにひとつ知らぬ。

また、その当時からの門弟は、今は一人も残っておらぬから、荒川のことを知っている者は、拙者一人のみということになる。

つまり、手がかりは、ひとつもない?

だが、勘兵衛は重ねて尋ねた。

——先ほど、こちらの道場を開いて一年も経たないうちに事件が起こった、とおっしゃいましたが、すると荒川が、こちらの門人になりましたのは、道場開設のはじめから、ということになりましょうか。

——おう。そのことがあったのう。

朝比奈は、ぽんと膝を打ち、

——高山から聞いたやもしれぬが、我が父は、摂津尼崎藩の当主で幕府奏者番を務める青山大膳亮《だいぜんのすけ》さまの家臣であってな。それゆえ拙者は尼崎の生まれであったが、十二歳のときに、一家揃って出府して、数寄屋橋《すきやばし》御門内の江戸上屋敷に住まうことになった……。

そして通いはじめた剣道場が、数寄屋橋御門を出てすぐの山下町にある〈関口流道場〉であった、と朝比奈の話は続いた。

——道場主は、関口新心流《しんしんりゅう》を唱える関口氏心《うじむね》の高弟である能曾孫太夫《のうそまごたゆう》というお方でな。

関口流流祖である関口弥六右衛門《やろくえもん》氏心はつとに名高い。

諸方を流れ歩いた末に、紀州藩主に招かれて、浪人分として合力金を給され、和歌山に居住していると、勘兵衛も聞いている。

それにしても能曾という姓は、まことに珍しい。

それゆえ〈能曾道場〉とはせずに、端的に〈関口流道場〉を名乗ったであろうか
……とは、筆者の独り言。

朝比奈の話は、さらに続いている。

——拙者は、いわゆる冷や飯食い、といわれる口で、養子に出るか、独立するかの境遇であったが、剣にて身を立てると決意して、どうにか免許皆伝を得ることができた。そして、三十歳になったそうそう、あの明暦の大火が起こって、市中は焼け野原になった。父が言うにはこれは好機、分家して家禄を分けてやることはできぬが、金子《きんす》なら用立てるほどに、この際、独立してはどうか、ということになって、この地に道場を開いたのであるが……。

その半年ほど前に、山下町の〈関口流道場〉に、一人の浪人者が姿を現わした。六尺豊かな大男で、刀身二尺八寸もの長柄刀《ながえとう》を使う、神明夢想流の流れを汲む剣客だった。

それが荒川三郎兵衛で、そのまま〈関口流道場〉の客分となった。

——思えば、その荒川の来し方など、なにひとつ知りもせず、ただただ、新しく興す道場の手助けになろうかと、師範代に誘ったら、二つ返事で引き受けてくれた。それで給金も弾み、妻子とともに、しばらくは新道場に住まわせ……。

——ちょっとお待ちください。荒川には妻子がおったのですか。

荒川に関する新情報に、勘兵衛は食いついた。

──ふむ。あまりことばを交わしもしなかったし、もはや名すら忘れたが、ご妻女のほうは二十代半ば、子は男児にて芥子《けし》坊主であったから、まだ四、五歳といったところであったろうか。

──さようで……。いえ、話の腰を折りまして、申しわけありません。

──いやいや、そのうち、焼け跡の復興も進み、荒川の一家は、道場から近い下谷上野町の裏店に移っていったのだが、それから半年もせぬうちに、あの事件が起こったのだ。

結局のところ、朝比奈道場の主から得た新情報はといえば、荒川に妻子がいたことくらいであったのだ。

ところで新保龍興が、その朝比奈道場で師範代格として代稽古をつけはじめたのは、十年ばかりも昔のことで、それは荒川が姿を消した時期の、これまた十年ほどものちのことである。

だから新保が、荒川と会ったこともないとは承知のうえで、もしや新保の朝比奈道場時代に、道場門人から荒川の噂なりを聞きはしなかったか──。

はなはだ心許ないことではあるが、そんな一縷《いちる》の望みがあって、勘兵衛は新保に尋ねた。

「む、荒川三郎兵衛なあ」

少し唇を尖らせたような表情で、新保は勘兵衛を見た。

「その御仁のことなら、何度か噂を聞いた。わしもまた、義父《おやじ》どの譲りの長柄刀であったから、昔に、そのような刀を持った荒川という男がいて、なにか不祥事を起こして逐電したようだ、とか、その荒川が、どこかに仕官したようだ、とか耳にしたこともある」

「ははあ……」

つまり、当時の門人たちは、荒川が引き起こした事件のことを知らされていなかったことになる。

白河藩家士である、松枝主水主従が殺害される動機が動機であったし、陰で糸を引いたであろう人物が、今や四万五千石の常陸土浦藩の当主にまで昇りつめ、現役で老中を務めている土屋侍従数直となれば、白河藩では口をつぐんだばかりではなく、むしろ事件を闇から闇へと葬り去ろうとしたからであろう。

だから当時の門人のうちには、荒川がしでかした殺人事件のことも知らず、いずこかで、ひょっこり荒川に出会って、仕官したことを知っているものもいたのであろうか。

そんなことを、ぼんやり、考えている勘兵衛に、新保が思いがけぬことを言った。

「その荒川三郎兵衛のことなら、つい昨年にも耳にしたな」

「え！」

「というても、ひどくあやふやな話では、あったんだが」

「どんなことでもいいのです。聞かせてもらえますか」

「む……。いや、ありゃあ昨年に龍平を連れて、愛宕権現社の千日参りに出かけたときのことだ」

愛宕社の千日参りは、六月二十四日と決まっている。

「そこで、ばったり、かつて朝比奈道場で一緒だった御仁に出会うてな。それが、それ、先ほども話した、わしの長柄刀を見るなり、昔にそのような刀を持った者がいた、と最初に声をかけてくれた師範代で、大西栄一郎《おおにしえいいちろう》というお人だ」

（うん？）

なにやら記憶がある。

「もしや、その大西というお方は、大柄な……というより、腕の立つ用心棒を探しておった「千束屋」に、あなたを推薦したお方ではありませんか」

「む……。そんなこともござったのう。そのときはけんもほろろに、断わったものだが……」

結局のところ、そののち新保は［千束屋］政次郎の用心棒となり、それが縁で現在があるのであった。

「はて？」

訝かしげな声を出して、新保が問う。

「もしや、落合どのは、あの大西の知人でござったかな」

「いやいや。知り合いというわけではありませんが……」

三年前、勘兵衛が目前の新保龍興の所在を求めて朝比奈道場を訪ねたとき、新保なら、回向院で大道芸の真似ごとをしていた、と教えてくれたのが、大西という御家人であった。

「む……。そういうことだったか」

めったに笑わない新保が、破顔した。

## 5

翌日――。

まこと、世の中は狭い……。

つくづくと勘兵衛は、そう思っている。

人と人の縁が、どこでどんなふうに繋がっていくものか、まさに人智の及ばざるところがあった。

たとえば、大西栄一郎という人物がそうだ。

聞けば大西は御家人だが無役で、それで鬱屈して無愛想、そんな人物が、どうやら新保に同じ匂いを嗅ぎとったらしく、以心伝心で互いを認め合っていた仲だったらしい。

その大西に勘兵衛自身は、たった一度しか出会ったことはないが、昨年の六月に、ばったり新保龍興と大西が再会したことで、あの荒川三郎兵衛の新情報を得ることができたのだ。

それらを、さっそくに［吉野屋］藤八に報告しようと勘兵衛は、八次郎に行き先を告げて、五ツ半（午前九時）過ぎには町宿を出た。

「では、行ってまいる」

門前まで見送りに出た園枝に言って、日蔭町通りを北に向かいながら、

「お！」

前方から、白い息を吐きながら急ぎ足でやってくるのは、坂口喜平次ではないか。妻敵《めがたき》を討ちとり、浜松藩江戸屋敷に帰参を果たした男である。

坂口は駆け寄ってくると、大きく息をつき、

「あ、お出かけでございましたか。ご出仕の前にと、早めにまいったつもりですが」

いかにも残念そうに言う。

勘兵衛としては出鼻をくじかれた思いだが、不忍池あたりから、急いでやってきたらしい坂口を、無碍《むげ》に帰すわけにもいかない。

「いや。火急、というほどのものではない。ま、せっかくこられたのだから、上がっていただこうか」

「それはかたじけない。恩に着ます」

再び町宿に戻ると、

「変わりばえもしないものですが……」

坂口が畳に滑らせてくる包みに、

「例の山葵《わさび》漬けですか」

以前の坂口の口上によれば——。

——浜松特産の米麹《こめこうじ》を使って製しましたる山葵漬け。

である。

「我ながら芸のないことです」

恐縮する坂口に、

「なんの。たいそう美味で、酒の肴にも、飯の菜にもなって、たいへん重宝《ちょうほう》しております」

お世辞ではなく、勘兵衛は言った。

「ところで、さっそくながら」

いささか性急とも思える口調で、坂口は口火を切った。

「先般来、落合どののお返事を、今か今かと待ち受けておりましたのですが、はやひと月が過ぎまして……」

少しばかり、恨めしそうな顔になる。

「あ……」

思わず勘兵衛は、自分の迂闊さに気づいた。

(あれから、もうひと月が経つか)

前回に坂口喜平次が、この町宿を来訪してきたころ――。

勘兵衛は、松田の手元役、平川武太夫と縁談が進んでいた山口里美につきまとって困らせている〈六阿弥陀の喜平〉と異名をとるやくざ者の探索に、手をとられている最中であった。

そして坂口の用というのが、

――我が殿より落合どのに、是非にも一献差し上げたいので、江戸屋敷までお越しください、と言づかってまいりました。

と、いうものであったのだが――。

(あのときは、たしか……)

そう。勘兵衛は、こう答えた。

――実は、さる事情から、このところ多忙を極めております。少し落ち着きましたら、当方より、坂口どのにお知らせいたしますので、勝手を申すようですが、いましばし、お待ちを願えませんか。

と……。

それを、すっかり失念していたのであった。

「いや、申し訳ないことだ、坂口どの。言い訳ではないが、あれからも、いろいろとあってなあ」

「それは、そうでございましょうが、殿から再度、どうなっておると言われて、これではわたしの面目《めんぼく》が立ちませぬ」

「いや。わかった。では、日にちを決めよう」

「まことですか」

坂口が、安堵の表情を浮かべた。

「で、殿さま、太田摂津守《おおたせっつのかみ》さまの、ご予定はどうなっておられますか。奏者番に寺社奉行を兼任されておられるゆえ、さぞ、ご多忙でございましょう」

「なんの。多忙は多忙ながら、よほどのことがないかぎり、毎日六ツ（午後六時）までには屋敷に戻ってまいります。ただし、二日、十二日、二十二日と二のつく日は、一座掛《いちざかかり》の詮議《せんぎ》が評定所において開かれますので、その日はお外しくだされたく」

「なるほど」

一座掛の詮議とは、寺社奉行、公事方《くじかた》勘定奉行、町奉行の三奉行が一堂に会しておこなわれる裁判であった。

「そうすると……」

それに一日、十五日、二十八日は将軍御目見の式日であるが、夕刻となれば関係はない。

そんなことや、

（明日や明後日、というのも急すぎるし……）

あれやこれやを勘案して、

「では、十六日の暮れ六ツごろでは、いかがでしょう」

「ありがたい。では、それにあわせて、迎えの駕籠を差し向けましょう」

「とんでもない。自分の足でお訪ねいたしますので、ご放念くださいますように」

固辞をした。

# 太田摂津守との対談

## 1

坂口喜平次の来訪で、中途半端な時間となったので、結局のところ勘兵衛は、自宅で中食《ちゅうじき》をとったのち、［吉野屋］に向かうことにした。

薬師新道の北のどん詰まりにある小間物屋［吉野屋］の角あたりで、十二、三歳の子守娘が、赤ん坊を背負ってあやしていた。

それを横目に勘兵衛が、［吉野屋］の暖簾《のれん》をくぐって入ると、藤八の姿は見当たらなかった。

「いらっしゃいませ」

以前に家紋入りの銀平を求めたときの手代が、揉み手をしながら近づいてくる。

顔見知りはその手代だけで、ほかは見知らぬ顔ばかりであった。

「落合と申す者だが、主の藤八どのはおられようか」

改めて名乗ると、五十がらみの番頭ふうが聞きつけて飛んできた。

「あ、落合さまでございますか。申し遅れましたが、わたくしめは、こちらの番頭を務めます忠兵衛《ちゆうべえ》と申します。以後、お見知りおきのほどを、よろしくお願い申し上げます」

丁重な挨拶をする。

「ははあ、忠兵衛どのか。過日、我が家に使いにいらしてくれたお方かな」

剣菱の四斗樽を持ち込んできた人物だ。

「さようでございます」

と、会話を交わしているところに、もう一人、帳場の結界内に座っていた三十近い男もやってきて、

「お初にお目にかかります。藤八の伜で、源太郎《げんたろう》と申します。このたびは、お父っつあんが、厄介なお願い事をしたと聞いております。奥におりますんで、ご案内をつかまつります」

ここの若旦那であった。

それで、奥の居室に案内された。

主の藤八が、

「これは、わざわざ……。使いでもお寄越しくだされば、こちらから出向きましたものを、まことに恐縮でございます」

まるで、勘兵衛が、なにをしにきたのかを察したように言って、頭を下げる。

「いや、あのように立派な跡取りがいらっしゃるとは、知りませんでした」

「はあ、最初に落合さまが、この店に来られた折には、番頭と倅は商用で出ておりましたでな」

しばしの雑談を交わしているところに、茶が運ばれてきた。

運んできたのは、勘兵衛と同じ歳ごろの婦人であったが、それも藤八は紹介する。

「ちえ、というて、倅の嫁でございます」

「ははあ、さようか」

すると、表で子守娘があやしていた赤ん坊は、藤八の孫であろうか、などと考えていると――。

ちえが、茶菓を出して退出したのち、藤八が言った。

「なにしろ家内を早くになくしましたもので、男手ひとつで育てた倅でございます。

その倅に嫁をもらいましたものの、なかなか子宝に恵まれず、やきもきいたしておりましたが、つい昨年に、ようやく孫もできまして、これで一安心でございますよ」

「そうですか。それはなによりです」

藤八が、問わず語りに話したところによると——。

藤八は元、陸奥白河藩家老の家士であったが、藩主の暴政ぶりに嫌気がさして家老の元を致仕したことまでは、以前に聞いた。

致仕したのちは武士を捨てるつもりで、母方の親戚が江戸で小間物屋をしているのを頼って、江戸に出てきた。

その小間物屋というのが、この［吉野屋］である。

藤八にすれば、武士を捨て、商売の基本を一から学ぶつもりでいたのだが、すっかり［吉野屋］の先代に気に入られ、その一人娘が十七歳になるのを待って、婿入りをする、という僥倖《ぎょうこう》に恵まれた。

（なるほど……）

実は勘兵衛、最初に藤八の話を聞いたとき、遠国《おんごく》である陸奥から江戸に、ぽっと出の藤八が、いかにして小間物屋の主にまでなったのか、と小さな疑問を抱いていたのだが、その疑問も氷解した。

「ところで、きょうお伺いをいたしましたのは……」

「はい」

おもむろに本題に入った。

「例の件だが、いくつかわかったことがある」

「やはり、そうでございましたか。いや、さっそくにありがとうございます」

藤八は身を乗り出すようにした。

「まずは、朝比奈道場の主から聞いた話ですが……」

「ははあ、さすがでございますな。我らは門前払いで、お会いすることすらできませんでしたのに」

「うん。しかしながら、荒川の居所がわかったわけではない。あまり期待はしないでくれ」

「もちろん。そう簡単にいくとは思っておりません」

「で、まずは、荒川には妻子がおったそうだ」

「ほう」

「実は、あの朝比奈道場は、明暦の大火のあとに創設されたもので、そこに荒川一家は寄留しておったのだが、道場の主は、その荒川の出自について、なにひとつとして知らないとのことだ」

「ふうむ」

「ただ、荒川のご妻女は明暦三年の時点で二十代半ば、子は男児にて四、五歳くらいであったという」

「と、いうことは……」

指折り数えていた藤八が言う。

「今は荒川三郎兵衛は五十代半ば、ご妻女が四十半ば、ご子息が二十四、五歳ということになりましょうか」

「そうなるかな。もっとも、そののち、子が増えておるかもしれぬがな」

「そういうことでございますなあ」

「それから、もうひとつ、これは、そもそもの……松枝主水と大竹平吾の主従が殺害される以前の半年ばかり前、すなわち明暦三年の秋から冬にかけてのころ、荒川一家は、朝比奈道場での寄留をやめて、下谷上野町の裏店に移ったということです」

「ははあ、下谷上野町に、でございますか。いや、これはよきことを聞きました。上野町界隈に荒川の足跡を探れば、新たな手がかりも出てまいりましょう。さっそくに平蔵に知らせて、あたらせましょう」

平蔵というのは、大竹平吾の忘れ形見だ。

だが、すでに二十年の月日が流れている。

僅かに半年足らずを住んだ長屋を探し出すのもことだし、たとえ見つけ出したとしても、大家なり自身番所なりに、記録が残っているかも定かではない。

さて、ここからが本番だ。

勘兵衛は、出された茶を一口喫《きっ》してから口を開いた。

「これは、かつて朝比奈道場の門人であった知辺《しるべ》から聞いた話でありますが……」

「はい」

再び藤八は身を乗り出す。

2

新保龍興から得た情報を、又聞きではあるがと断わったうえで――。

「朝比奈道場で、荒川が師範代を務めていたころの同門に、大西栄一郎という御家人がいた」

「はい。御家人の大西栄一郎さま、あ、ちょいとお待ちくださいませ」

藤八は立ち上がり、矢立《やたて》を持ってきた。

心覚えに控え書きをするつもりのようだ。

それで勘兵衛は、藤八が半紙を広げ、矢立から筆を取り出すのを待って、話しはじめた。

「御家人の大西栄一郎であるが、昨年の六月、愛宕権現社の千日参りに出かけ、そこで、先ほども話しました我が知辺とばったり再会して、ひととき、あれこれと、昔を懐かしんだよし。これからお話ししますのは、そのときの会話の内容です」

「なるほど、なるほど」

藤八は、大きくうなずく。

「結論から申せば、その大西栄一郎が、かの荒川三郎兵衛らしき人物に出会ったという話ですが、そのあたりの様子を、できるだけ詳しくお話ししたほうがよいかと思うのですが……」

「いや、それは耳寄りな……。はい。是非にも詳しくお聞かせくださいませ」

藤八の声にも力が入った。

「その大西さんという御仁は、無役の御家人で、貧乏暮らしにも飽き飽きしているところに、御母堂の実家からの勧めもあり、御家人株を売って、信濃《しなの》の須坂《すさか》で道場を開く決意したとのことでしてね」

「その須坂が、大西さま御母堂の故郷ということですか」

「そのようです。なんでも、その大西さんが住むのは、妻恋稲荷から近い芥坂《ごみざか》とか呼ばれる坂沿いに建つ組屋敷だそうですが、幸いに御家人株の買い手もついて、まずは前金を受け取ったそうです。それで、いよいよ近く江戸ともおさらばということで、都落ちの前に家族揃って［山村座］の皐月《さつき》狂言に出かけたそうです」

「なるほど」

藤八が合いの手を入れる。

「で、夕七ツ（午後四時）で芝居がはねたあと、一家は芝居茶屋に席を移して、夕食をとった」

「……………」

「それから一家は、暮れ六ツ（午後六時）過ぎに芝居茶屋を出ようとしたところ、その芝居茶屋の入口あたりで、ばったり、荒川らしき男に出会った」

「ははあ……」

「そこで、大西さんは、おい荒川、荒川ではないか、と声をかけたそうですが、相手は、いや、人ちがいでございましょう、と、そそくさと立ち去ったというのです」

「ふうむ」

「そのとき、荒川らしき男は、武家ではなく町人姿であったといいますが、大西さんが言うには、六尺はある色黒の大男で、しかも、あのゲジゲジ眉は、まちがいなく荒川三郎兵衛であった。まちがいはない、と断言したそうです」

「ううむ。しかし……」

［山村座］は、［森田座］［河原崎座］と木挽町《こびきちょう》三座が集まる、芝居町とも呼ばれる殷賑《いんしん》の地にあった。

たまたまその地で大西さんが、よしんば荒川本人に会ったからといって、それでは、まるで雲をつかむような話であった。

「ところで、そのとき、荒川には連れがあったというのですよ」

「ほう」

またも、藤八は身を乗り出した。

「三十になるかならぬかの商家の手代ふうの男で、先に芝居茶屋を出た男のことを、山田《やまだ》さまと呼んで追いかけたと言います」

「なに、山田……。では、荒川は、偽名を使って……」

「十分に考えられます、なにしろ敵《かたき》持ちの身としては、武士から町人に、また変名するくらいの用心はするでしょう」

「ふうむ」

「もうひとつ、あります」

「はい」

「芝居茶屋を出ると、もう、とっぷりと日は暮れている。それで手代ふうは、提灯に火を入れるところまで、大西さんは見ていた」

「や！　そこになにか？」

「はい。丸に大の字の紋と、那波屋《なはや》の文字があったといいます」

「なはや？」

「那智《なち》の滝の那に波と書くそうですが」

「ああ、それなら［那波屋《なばや》］でございましょう。［那波屋］九郎左衛門《くろうざえもん》、駿河町で本両替商を営む、当代きっての豪商でございますよ」

「ほう。そうなのか」

　さすがに商人だけあって、そのあたりのことは藤八のほうが詳しい。

　そののち、あれやこれやと、二人の推測が続くことになる。

3

浜松城主にして、幕府寺社奉行と奏者番を兼任する太田摂津守資次《すけつぐ》に会う日がやってきた。

もちろん、そのことを勘兵衛は、上司の松田に報告して了承を得ている。

松田は言った。

——太田さまは、酒井党の島田出雲守《しまだいずものかみ》と囲碁を打つこともあるというから、案外、おもしろい話を聞かせてくれるかもしれぬなあ。

酒井党というのは、大老である酒井雅楽頭の党派に属する幕府中枢の者たちで、島田は北町奉行であった。

勘兵衛らがつかんでいる酒井党は、ほかに大目付の渡辺綱貞《わたなべつなさだ》や、長崎奉行の岡野貞明《おかのさだあき》らがいる。

松田は続けた。

——過日の、太田家用人の浜名兵庫《はまなひょうご》の様子といい、おまえを、わざわざ招きたいという申し入れは、とても、あの妻敵討ちの礼だけとは思えぬ。なにやら、裏がありそうじゃのう。

――はい。そのことは、なんとなくわたしも感じとっています。

――いずれにせよ、手ぶらで、というわけもいくまい。土産は、わしのほうで用意しておくほどに、当日になったら、一旦、ここに顔を出せ。それから八次郎も供に連れていくようにな。

と、松田が言うところを見ると、勘兵衛個人が太田資次に招かれていく、というのではなくて、越前大野藩としての体裁《ていさい》を整えよ、ということらしい。

その日、午前中に、［吉野屋］の番頭の忠兵衛が、藤八の書簡を届けてきた。

それには――。

さっそく駿河町の本両替商、［那波屋］九郎左衛門の店に出入りをはじめたところ、手代だけでも八人ばかりいる。

あいにく、山田と変名したらしい荒川と［山村座］の芝居茶屋で一緒だった人物の、年齢や風体、また芝居茶屋の店名もわからず、探索のとっかかりがつかめない。

よって、平蔵を信州須坂に旅立たせ、元御家人の大西栄一郎を捜し出し、以上の点を確かめる所存、とある。

さらには追記があって、二十年の昔、荒川一家が半年足らず住んでいた下谷上野町の長屋は権兵衛店《ごんべえだな》といって、幸い大家が几帳面な人で、人別帳が残っていた。

それによると、荒川三郎兵衛は武州《ぶしゅう》浪人で三十四歳、妻女は一枝《かずえ》で二十四歳、長男が彦太《ひこた》で五歳と記載されていた、という。

(ふうむ)

あれから十日足らずで、よくぞ調べ上げたものだ。

勘兵衛は、感嘆するとともに、なみなみならぬ執念をも感じた。

藤八に、新保龍興から得た情報を提供したのち、二人はあれこれと推量を交わした。

荒川が、本両替商の手代と芝居見物をした、その裏側の事情をである。

――おそらく……。

と、しばし黙考したのちに、藤八は言った。

――前にも申しましたが、荒川が土屋家を致仕するにあたっては、陰扶持の密約があったかに思われ、まずは支度金としていかほどかが渡され、百石取りの代わりに年に百両の陰扶持は、今も続いていると思われます。

そうであろう、と勘兵衛も思った、
さらに、藤八が類推するには――。

では年に百両の現金を、土屋家では、どうやって荒川に届けるのか。あるいは、荒川が土屋家まで取りにいくのか。

土屋家では、事の起こりが起こりであるから後ろめたさもあり、そんな方法はとるまい、と藤八は言うのである。

もっともだ、と勘兵衛も思った。

そもそも、土屋数直がやむを得ず登用した荒川を、結局のところは遠ざけようとしたのには、若年寄に昇任するにあたり、過去の禍根を断つためであったはずだ。

そして、その土屋は常陸土浦藩四万五千石の大名にまで上りつめ、老中職にさえある。

——おそらく、荒川への陰扶持は、土屋さま江戸屋敷からではなく、常陸土浦藩のほうから為替《かわせ》で送られてくるのでしょう。

勘兵衛は、為替がどのようなものかは知ってはいるが、門外漢であった。

だが、その為替を現金に換えるのが、本両替商であることくらいは理解している。

ここに、荒川と［那波屋］が結びつく。

藤八は言う。

——おそらく年に一度の一括払いということはございますまい。通常の切米《きりまい》取りに準じて、と思います。

切米取りは、春借米《かしまい》で四分の一、夏借米で四分の一、冬切米二分の一、の分割払いと決まっている。

すると春に二十五両、夏に二十五両、冬に五十両と、常陸土浦の両替商を通じて、山田（荒川の変名）宛の為替が［那波屋］に送られてくるのではないか。

為替が届くと、［那波屋］のほうから山田の元へ連絡が入る。

その連絡が年に三度、それが、もう十年以上も続けられている。

山田と［那波屋］の手代がいつしかお馴染みとなって、一緒に芝居見物に、ということもありうるわけだ。

勘兵衛としては、藤八の願いに対して、やるだけのことはやった。

――あとは、わたしどもにおまかせくださいませ。なにかわかれば、文にてもお知らせ申し上げます。

藤八も、そう言い、勘兵衛は、ひとつ肩の荷を下ろしたような気分になっている。

（それにしても……）

勘兵衛は、いまだ町廻りの小間物商をしているという、平蔵という者に会ってはおらぬが、信州須坂まで出かけて元御家人の大西栄一郎を捜し出し……。

大西が江戸をあとにして、一年と少し。

新保が言っていたように、無事に剣術道場を開いていればよいが、そうでなければ、かなり厄介な任務ともなろう。

そんなことを思った。

## 4

ゴーン。

鐘の音が届く。

八ツ（午後二時）の鐘だ。

「では、そろそろ出かける」

「はい。お気をつけて」

園枝が答えた。

家紋入りの羽織袴の身支度はすでに整えている。

八ツになったら出かける、と言っておいた若党の八次郎も姿を現わした。

園枝の見送りを受けて、町宿の門をくぐる。

まずは、松田の役宅へ顔を出す。

八次郎が言う。

「浜松藩江戸屋敷には、暮れ六ツ（午後六時）どきに、でしたね」

「そうだ」

「愛宕下から、不忍池《しのばずのいけ》下までは、およそ一里半。一刻《いっとき》を見ておけば、お釣りがきましょう」

一刻といっても、この時代の一刻は不定時法だから、夏と冬では大いに違う。日照の時間が短い冬場の一刻は、夏場の一刻の感覚とは大いに差があった。いわゆる、長日、短日のちがいである。

それでも、ゆっくり歩いたとしても、一里半は一刻とはかからない距離だ。

勘兵衛は答えた。

「遅れてもならぬし、早すぎても、先さまにはご迷惑であろう。七ツ（午後四時）の鐘で愛宕下を出て、余った時間は、どこぞでつぶすことになろう」

「そうですね」

他家に、それも大名家に招かれることなど初体験であるから、供の八次郎は、珍しく緊張しているようだ。

松田の役宅に入ると、八次郎の父であり、松田の用人でもある新高陣八が式台のところに出てきた。

平川武太夫の媒酌人として越前大野に行っていたのが、園枝の父である大目付、塩川益右衛門の用人夫妻に下駄を預けて、今月十日に帰着したばかりだ。

ついでながら、塩川家の用人は榊原清訓《さかきばらきよのり》といって、勘兵衛の町宿で園枝付の女中を務めている、ひさの父親であった。

陣八が言う。

「松田さまは、いつもの執務室でお待ちでござる。それから、おまえはいつもどおりにな」

「はい」

八次郎は、いつもどおり、すなわち新高陣八、八郎太の父子が使っている、玄関脇の控え室に入っていく。

「おう、きたか」

松田は、これまたいつものように、袖なしの綿入れを着て執務机に向かっていたが、勘兵衛を上から下へ、次には下から上へと眺めたうえで、

「うむ。いいだろう」

どうやら、身支度の点検をしたようだ。

「床の間に、土産の品が置いてある。それをここへ」

「は」

ひとつは菓子折、もうひとつは、すでに風呂敷に包まれていて、そう嵩張《かさば》りはしないが、ずっしりと重い。

「まあ、座れ」

「はい」

勘兵衛は、執務机を挟んで松田の真向かいに座った。

「菓子は［福嶋屋《ふくしまや》］の〈窓の月〉じゃ」

「ははあ」

［福嶋屋］は、ここから近い新《あたら》シ橋手前の善右衛門町にある京菓子店であった。

その善右衛門町には、めったに戻らぬが新高陣八の町宿があって、陣八の妻であり、八郎太、八次郎の母であるおふくが一人で家を守っている。

「いまひとつは、我が大野の特産品である越前和紙じゃ。奉書紙をな、三束揃《そく》えておいた」

重いはずだ。

一束は十帖《じょう》、一帖は四十八枚だから、一束は四百八十枚。三束というと、合計で千四百四十枚。

「八次郎一人に持たすには酷であろうから、中間《ちゅうげん》を一人つける。越前和紙は中間に持たせ、八次郎には菓子を持たせればよい」

「お心遣い、感謝いたします」

「中間のほうは、先方についたら、そのまま帰してよい。以上だ。ほかに言うことは特にない」

「は」

「というても、まだまだ時間が余るのう。では、しばし、武太夫の宿《やど》の打ち合わせでもしようかの」

故郷で婚礼をあげたのち、ここへ戻ってくる平川武太夫夫妻と、武太夫の母が住む邸内屋敷のことで、それを完成させるまでの差配を勘兵衛は任せられていた。

それで、過日、勘兵衛は大鋸町の大工の長六を訪ねたのであるが、正式な図面と見積書は約束より早く、新高陣八が帰着する前日に届けられた。

その見積書に目を通して、

――ううむ……。

松田が、うなった。

か。
——不首尾なものか、わしが心づもりの半値より安い。ほんとうに、これで建つの
——なにか、不首尾が？

——それは大丈夫でございましょう。長六が言うには、一気呵成に普請を進めるよりも、大工の手が空いたとき、また、左官や建具師の手の空いたとき、という具合に普請を進めれば、そうとうに安価に上がります、と言うておりましたから。それでも来年二月の末には、十分間に合いますとのことでございました。

——なるほどのう。しかし……。

松田は、苦い顔になって言った。

——これを見れば、我が普請役はそうとうにたるんでいるようだ。というより、甘い汁を吸いすぎのようだ。折を見て、少し締め上げてやらねばならぬ。

と——。

そののち、勘兵衛は再び長六を訪ねて、正式の発注をすませておいた。

何やかやと、松田と打ち合わせをしているうちに、七ツ（午後四時）の鐘が鳴った。

「では、まいらせていただきます」

「わかった。土産は、玄関まで八郎太に運ばせようほどに、ここへ呼んでくれ」

「よう、こられました。かたじけのうござる」

坂口喜平次であった。

その間に八次郎は、中間の市三から荷を受け取ると小声で、

「ご苦労であった。戻っていいぞ」

と言っている。

中間が去っていくの眺めながら、

「では、ま、ま、こちらへ」

坂口は先導をして門内に入り、玄関へと案内する。

すると式台のところに、五十がらみの武家が待ち受けていて――。

「よくぞ、こられた。拙《せっ》は、当家用人を務めまする浜名兵庫と申す者」

「お招きいただき、恐縮至極でございます、わたしは落合勘兵衛、連れは若党の新高八次郎と申す者。以後、よろしくお見知りおきください」

勘兵衛も挨拶を返し、さっそくその場で土産の品を差し出した。

「これはご丁寧に、いたみいる。すでに殿にはお待ちかねでござる。さっそくご案内をいたしますが、これ坂口、そなたは、そちらの新高どのの接待を頼む」

「は。では、八次郎さん。むさ苦しいところだが、我が長屋のほうへまいろうかの」

坂口が誘うのに、

「あ、はい」

八次郎は、勘兵衛にとも、浜名兵庫にともつかない低頭《ていとう》をして、玄関を出ていった。

「では、ご案内をつかまつろう」

「では、失礼をいたしまして」

勘兵衛は履物を脱ぎ、式台にあがった。

長刀ははずして、右手に持つ。

「こちらでござる」

先案内をしながら、浜名が言う。

「殿には、余人を交えずの対面をお望みでござる」

「さようで……」

（ふむ！）

少しく勘兵衛は緊張した。

廊下を進み、とある襖のところで、

「殿！」

「おう」

「落合どのを、お連れいたしました」

「かまわぬ。通せ」

浜名は襖を開き、勘兵衛に言う。

「どうぞ。お通りください」

「しからば、さように」

十畳ほどの座敷で、すぐ目前に、まだ五十はいくまいという男が座っている。

座敷には、食膳が幾つも並べられていた。

「太田資次じゃ。遠慮はいらぬ。まずは席につかれよ」

二列に並ぶ膳を挟んで、対面に座布団が敷かれていた。

「では、おことばに甘えまして」

勘兵衛は、とりあえずは座布団を外して腰を下ろし、長刀は右手において、挨拶をしようと思ったら――。

「堅苦しい挨拶はいらぬ。ざっくばらんにいこうではないか」

「おそれいります」

摂津守は、なかなかの男ぶりであり、気さくな人物のように思えた。

「見てのとおり、女っ気のひとつもなく、招いておきながら、無骨《ぶこつ》極まりないところは許されよ」

「とんでもございません」

「では、ざぶなどあててな。茶にせよ、酒にせよ、お互い手酌でいこう」

言うと、摂津守は、大ぶりな盃に自分で酒を注ぎ、一口飲んで、

「ふむ。すっかりぬるうなったが、これまた許されよ」

次には箸を取り、膳部からなにやらつまんで、口に放り込んだ。

勘兵衛もまた遠慮せず、座布団に座り、三合ほどは入ろうかという白鳥徳利から、自分の盃に酒を注いだ。

# 比企藤四郎の悲劇

## 1

「まあ、飲み食いしながら聞いてくれ」

「はい」

「実はの、本来であれば、坂口の妻敵討ちについて礼を申さねばならぬところだが、その片棒を担いだのが、そなただと聞いてな。いや、不思議な縁と驚いたものじゃ。すると次には、どうしてもそなたに会いたいものじゃと思いはじめたのだ」

「と、申しますと……？」

勘兵衛は、伸ばしかけた箸を止めた。

「ふむ。落合勘兵衛の名を、あちこちで耳にするものでなあ」

「ははあ、たとえば、酒井党の島田さま……」

思いきって、勘兵衛は言った。

北町奉行の島田出雲守忠政《ただまさ》、その島田と摂津守は安井算知《やすいさんち》の囲碁《いご》の同門で、ときおりは二人で碁を打つと聞いていた。

「ふむ、島田氏《うじ》は、身共《みども》より五つばかり年上だが、囲碁のほうでは、わしが兄弟子でな。島田忠政が、まだ守政《もりまさ》と名乗っていたころからの古い碁敵《ごがたき》だ」

「さようでございましたか」

「だが、そなたの名を聞いたのは、なにも島田からだけではない。ほかからも耳にしておってな。なるほど面構えといい、気性といい、身共が聞いたとおりの快男児であったわ」

「は？　ほかからと申しますと……」

「ふむ、ほれ、遠慮することはない。大いに食い、かつ飲め。そのほうが、身共も話しやすい」

それで勘兵衛は、止まっていた箸を動かし、かつ酒も飲んだ。

その間にも、摂津守も飲み食いをしつつ、話が進む。

「そなたの名を最初に耳にしたのは、ほかならぬ、大目付の大岡忠勝《おおおかただとう》どの……。ああ、たしか昨年に、忠種《ただたね》、と改名なされたのであったなあ」

「ははあ……」

「いや。ご老人から、そなたの話を聞かされて、まことに痛快であったわ。なんでも、そなた、越後高田藩の下屋敷に乗り込んで、江戸留守居の本多監物《ほんだけんもつ》やら、小栗美作の実弟の小栗一学《いちがく》を脅しあげたそうではないか」

「いや、脅しあげたなどと……。あれは、大岡さまのご協力あればこそのことで……」

「いやいや、島田氏も同じようなことを申しておったわ。ときに、越後高田の光長さまと、御大老とは、つうつうの仲で、先の福井の光通さまの隠し子、今は松平直堅さまであったか……。御大老や光長さまが、そなたのところを目の敵《かたき》にしておるのは、そのようなところからであろうなあ」

いきなり核心をついてきた。

「さあ、それはばっかりは……」

いかに無茶の勘兵衛と呼ばれていようと、ここは口を濁すほかはない。

「正直に申せば、あまりに専横が過ぎる御大老のことを、わしは大嫌いでな」

と、摂津守、思いきったことを口にした。

そのまま正直に受け取るならば、大目付の大岡さまや、御老中の稲葉さま同様に、摂津守も、また反酒井派ということになるのだろうか……。

「まあ、わしが御大老を嫌うていることは、御大老のほうもご承知のようでなあ」

「…………」

「身共は、幼少のころより先代家光さまの元に近侍《きんじ》してより、その後も順調に昇進し、奏者番に寺社奉行を兼任するまでになった。このまま順調にいけば、やがては若年寄、そして老中と、幕閣にて存分に腕をふるいたいもの、との野心を抱いておった。だが、その夢も、ついに潰《つい》えたようだ」

「と、言われますと……」

「うむ。こりゃ、ここだけの話だが、来年の夏ごろに大坂城代に、との内示が出た」

「それなら、むしろ、ご栄転ではございませんか」

大坂城代を経て若年寄に、という出世コースもある。

「見た目には、なるほど栄転じゃ。だがのう、二万石を加増されて、摂津、河内に所替えとのことじゃ。つまりは、大坂城代が我が終着点、御大老にとって目障りな者は遠ざけようという魂胆よ」

「ははあ……」

なるほど、大坂近辺に移封《いほう》されてしまえば、摂津守が言うとおりかもしれない。

というより、いかにも酒井雅楽頭のやり口だ。

「と、まあ、愚痴をこぼしてもはじまらない。話は飛ぶが、そなたは、御老中の稲葉さまにも知己《ちき》を得ているそうな」

「知己などとは、おこがましゅうございます。たまたま、おことばを賜わったくらいのことにて……」

「まあ、謙遜はするな。ところで四代さまはご病弱のうえ、お子様もできぬ。それで稲葉さまが、四代さま御舎弟の甲府宰相さまを次期将軍に、と幕閣に諮《はか》っては御大老に何度も一蹴されている、という話は聞いておるか」

「はい。それとなく」

「うむ。四代さまには、綱重《つなしげ》公、綱吉《つなよし》公と、お二人の弟君がおられるが、いずれのお方とも御生母さまが下賤の出だからと、血筋を誇る越後高田のぼんぼん殿さまが、いずれも将軍にはふさわしくない、と言っているという話は……？」

「仄聞《そくぶん》してございます」

「さすがじゃのう。敵を知り、己を知れば、という口じゃ」

「いや、そんな……。敵だなどと……」

「まあ、そのことはよい。では、いまひとつ尋ねたい。では、なにゆえ御大老は、稲葉老中の進言を取り上げず、次期将軍の座を先送りにしておるか、という点じゃ」

「さて……」

勘兵衛は首をひねった。

というより、そんな雲の上のことなど、勘兵衛は、これまで考えたこともない。

2

「まるで、見当がつきませせぬ」

「そうか。では、御大老が権謀術数《けんぼうじゅっすう》に長《た》けたお方だということは？」

「それなら、大いにうなずけます」

「うん。そこよ。一方で御大老は、今手にしておる権勢を決して失いたくはない。それどころか子子孫孫《ししそんそん》まで、権門勢家《けんもんせいか》として栄えたいと願っておる」

「ははあ……」

ま、人とは、ほとんどの者が、そんな願いを抱くものだ。

だが……。

勘兵衛には、かすかながら、靄《もや》の向こうに蠢《うごめ》く影を認めたような気分になった。

「と、いうことになると、じゃ……」

摂津守は、なにやら楽しげな口調になって、

「先ほども言うたが、越後高田の松平光長さまは、畏れ多くも、父君は神君家康公のご長男の血筋にて、母君は二代、秀忠さまの娘、すなわち徳川家直系を誇られて、下賤の女《おなご》から生まれた甲府宰相さま、館林《たてばやし》宰相さまなど、将軍にふさわしからず、と常日ごろに口にしていることは、多くの者が知っておる。おまけに、その光長さまと御大老は、つうつうの、いわゆる不言《ふげん》の言を聞く、というような仲なのだ」

靄の向こうに蠢いていた影が、勘兵衛の内に、はっきりとした輪郭を現わしてきた。

「つまり、こうですか。もし、次期将軍の座が甲府綱重さま、ということになれば、いずれは我が世の栄華も終わる、というふうに御大老が考えておられると言われるのですか」

すると、摂津守は意味ありげに笑い、

「なにしろ権謀《けんぼう》をめぐらせるお方だからなあ」

と言う。

「しかし、いかに御大老といえども、手はありますまい」

「ふむ、そこじゃ」

摂津守は、盃の酒を、ぐいと飲み干した。

「ところで、碁敵の島田じゃがなあ」

がらりと、話題が変わったかに思えたが――。

「あやつは、御大老に右顧左眄《うこさべん》して町奉行にまでなったが、少少、口の軽いところがあっての。碁を打ちながらとくとくと、次期将軍についての、ご高説を垂れよったことがある」

「どう言われました」

「うむ。鎌倉の古例にならって、親王《しんのう》さまを担ぎ出す手もあるとな」

「鎌倉の古例とは、なんでございましょうか」

「いや、そのときは、わしにもわからなかった。それで、調べてみたのだが……」

建長《けんちょう》四年（一二五二）というから、もう四百年以上昔のことであるが、鎌倉幕府も五代将軍のころになると、将軍職は単なる象徴ということになって、実権は執権の北条《ほうじょう》氏が握るという構図ができあがっていた。

それで、ときの執権、北条時頼《ときより》としては傀儡《かいらい》の将軍が理想であり、六代目征夷大将軍に、後嵯峨《ごさが》天皇の第一皇子である宗尊親王《むねたかしんのう》を、と朝廷に願い出た。

後嵯峨天皇としては、宗尊親王が第一皇子ではあったが、母方の身分が低かったので、宗尊親王に皇位継承の望みはない。

ここに天皇と時頼の思惑が一致して、ついに初の皇族将軍が誕生したのである。

「ははあ……」

摂津守の説明を聞いて、勘兵衛は開いた口がふさがらない思いであった。

北条時頼を酒井大老に置き換えれば、より鮮明なイメージが湧き上がる。

（あっ！）

思わず勘兵衛が心の内に叫んだとき、摂津守が言った。

「島田は、賢《さか》しらげに、そんなご高説を垂れたが、なに、どうせ、御大老の受け売りであろうと、身共は踏んでおる」

「そういえば、越後高田の殿さまの姉君である亀姫《かめひめ》さまは、後陽成《ごようぜい》天皇の第七皇子である高松宮《たかまつのみや》好仁《よしひと》親王の妃になられたのでしたなあ」

「こりゃ、隅に置けぬ。核心をついておるではないか」

「いえ、これは三年ばかり前に、大目付の大岡さまから教えられたことでございます」

「なるほどのう。で、好仁親王は、かれこれ四十年ばかりも昔に薨去《こうきょ》されて、亀姫は落飾して宝珠院《ほうしゅいん》と号し、二十数年前には越後高田に移住している」

「そうなのですか」

「一応は調べてみた。好仁親王と亀姫の間には、二女が生まれ、長女は明子女王というて、そこに良仁《ながひと》親王というのが婿入りしてきて高松宮家を継いだのじゃが、畏《かしこ》き辺りの事情があって、その良仁親王が、繋ぎの天皇として後西《ごさい》天皇になり……。いや、もうやめよう、頭が痛うなる」

摂津守は首を振り、傍らの白鳥徳利を傾けて盃に酒を満たし、一口飲んでから続けた。

「要は、越後高田に戻られた宝珠院、すなわち光長さまの妹君は、まだまだ朝廷に顔が利く、ということじゃ」

摂津守の言いたいことは、よく理解ができる。

大老と光長が手を組んで宮将軍を擁立する、ということは、まさに傀儡将軍を立てるということで、もし成功すれば、大老とその一族の栄華は、不動のものとなるだろう。

しかし……。

そうそう、事が大老の思いどおりに運ぶものか……。

勘兵衛が、そんな疑問を持ちはじめたとき、摂津守が言った。

「ところで、近ごろ稲葉老中は、まあ、上屋敷が同じ外桜田で、隣家も同様の近さということもあるが、甲府宰相の元に足繁く出入りして、稲葉老中の女婿である若年寄の堀田正俊《ほったまさとし》のほうは、館林宰相の元に急接近をはじめた。このことは知っておるか」

「そうなので、ございますか」

すでに松田から聞き及んでいたことだが、勘兵衛はとぼけた。

「まあ、こりゃあ、身共の妄想かもしれぬから、この場の放談ということにして、聞いてくれるか」

「は、なんなりと。決して口外はいたしませせぬ」

「ふむ。その点は心配しておらぬ。大目付の大岡さまが、そなたの口の固さには折り紙をつけておられた」

「恐縮です」

以前に大岡から、我が大野藩の嫡男、松平直明の正室である仙姫《せんひめ》の出自の秘密、さらには、その実の姉が九段坂にある箸問屋［若狭屋］の女房と、驚くべき事実を打ち明けられたが、そのことは、いまだ自分一人の胸におさめたままだ。（第十一巻：月下の蛇）

摂津守は、箸を動かしつつ続けた。

「稲葉さまも、堀田さまも、なかなかに聡いお方だし、当然ながら密偵もいようからのう。御大老の意図が、どこにあるかと探った結果、どうやら宮将軍の擁立を企てている、と気づいたはずじゃ」

「ははあ……。いや、そうかもしれませぬな」

勘兵衛のほうにも、服部源次右衛門《はっとりげんじえもん》という忍び目付がいて、大老の陰謀を知ることができた。

「要するに、綱重、綱吉のご兄弟が暗殺されては、事じゃからのう」

「え……！」

そんな大胆な……と、勘兵衛は思いかけたが、いや、あり得ることだ、とも思った。

「それで義父婿《おやこ》で手分けして、ご両家の御膳所役人に、秘かに子飼いの士を潜り込ませているようじゃ」

（ふむ！）

そうか。酒井党である長崎奉行、岡野貞明の手から大老に南蛮渡りの猛毒である芫青《げんせい》が、秘かに手渡されたであろうとは、自分の口から稲葉老中に報告をした。

（これは……）

決して、摂津守の妄想などではない、と勘兵衛は確信した。

「身共など、めったに御老中や若年寄と口を利く機会はないが、ついこの間、一座掛の詮議の場に稲葉老中が出席されてな。詮議が終わったのち身共に、こんな愚痴めいたことを口にされたのじゃ」

その内容はいうと――。

甲府宰相綱重には、上屋敷以外に浜屋敷もあり、また下屋敷も駒込と赤坂にある。

それだけでもたいへんなのに、先般、麻布の狸穴《まみあな》付近にも広大な土地が下し置かれて、現在そこに、新たな屋敷を建造中だという。

「どうにも、手がまわりかねる、と言われるのじゃ」

「そりゃあ、たいへんでございましょうなあ」

そのような話を聞かされても、勘兵衛が関われるようなことではない、とは思いつつも――。

(うーむ)

勘兵衛は、心の内で、ひとしきりうなった。

そして次には――。

はて摂津守は、わざわざ自分を招いてまで、なにゆえ、このような秘事を口にするのだろう、と訝《いぶか》った。

答えは、ひとつしか出てこない。

稲葉老中に、若年寄の堀田、そして大目付の大岡、摂津守から出てきた名は、すべてが反酒井派であった。

つまりは、この摂津守も、その一派で、御耳役という特殊な役にある勘兵衛を意識して、それとなく注意を喚起しているのではなかろうか。

そう考えたとき、摂津守の背後に、あの稲葉老中の影が見えたように、勘兵衛には思われたのだ。

3

師走《しわす》も二日、比企藤四郎は雪に埋もれた栃ノ木峠の細道を、杖の力を借りながら、ただ黙黙と上っていった。

この峠が近江の国と越前の国とを分ける、境界なのであった。

幸いに、空は真っ青に晴れ渡っていたが、あえぎつつ上る、この峠の向こうに父が待っている。

懐かしさや、さまざまな複雑な想いを交雑させながら、藤四郎は、白く長い息を吐きつつも、峠の頂きをめざした。

（そろそろ、四ツ（午前十時）は越えたころか）

天に輝く太陽を見上げて、時刻をはかる。

この峠を越え、下りきったところには越前福井藩の口留番所がある。

いわば関所で、出女と入り鉄砲の警戒が主な任務であるが、越前の特産品の持ち出しなどにも目を光らせていた。

だから、越前の国を出て行く者には〈板取口通手形《いたどりくちとおりてがた》〉なる通行証を提示させて、場合によっては荷を改める。

だが、逆に越前に入国する者に対しては、さほどの警戒はない。

だが、万一の場合も考えて、藤四郎は越前大野藩江戸屋敷が発行した、落合勘兵衛名義の通行手形を所持していた。

思えば――。

福井藩御使番の職にあった藤四郎が、第四代藩主、松平光通の自死をきっかけに、脱藩したのが三年前の五月も末のころであった。

（二年半か……）

ふと、その間の年月を思う。

(こんなはずでは、なかったのだ……)

そんなことも思う。

松平光通には、ただ一人の男児があった。

その当時は、権蔵といった。

それが、さまざまな政治的な意図から隠し子とされてはいたが、嫡男は嫡男、福井藩第五代目の藩主の座につくのは、権蔵さま以外には考えられぬ。

その権蔵が福井を逐電し、同じ越前松平家御一門である、越前大野藩江戸屋敷に匿われていることを知った藤四郎は、矢も楯もたまらず、江戸をめざしたのであった。

だが、夢は潰《つい》えた。

権蔵さまは、越前松平家の一員として正式に認知されたものの、福井藩の後継者としては認められなかった。

だが、松平直堅を名乗り、ようやく大名並の扱いを受けるまでになったのである。

翻《ひるがえ》って考えるに——。

藤四郎の脱藩によって、老父と義母だけが残った比企家は改易された。

親不幸者となじられても仕方のないことではあったが、そこには、いかんともしがたい親子の情があるはずで、藤四郎としては、親不孝を誠心誠意、詫びたうえで、老父を江戸に連れ帰り、最後の親孝行をしたい。

それを一途に願っていた。

峠を上りきったあたりに、雪に埋もれるようにして一軒の茶屋があった。

煙出《けむだ》し窓から、やわやわと煙が流れ出て、周囲の雪を溶かしている。

(少し温まっていこうか)

熱い茶を、冷えきった体が欲していた。

「ごめん」

閉ざされた木戸を引くと、むわっと温かな空気が顔を撫でた。

「よう、きんなさったな」

囲炉裏《いろり》端にいた茶屋の親父が、

「こっちにぎて、温まられい」

と、誘う。

囲炉裏の火に手をかざし、また、熱い茶を啜りながら、しばし藤四郎は、ぼんやりとした。

江戸を出て、十日目になる。

（ふむ……）

江戸を発つ前日に落合勘兵衛が訪ねてきて、二人してまた、あの［あき広］に穴子飯を食いにいった。

そのとき、勘兵衛は言った。

——きょうは、藤四郎さんを激励するためにきたのだが、ついでといってはなんだが、新保さんにもお会いしてきた。

——ふむ、過日も新保さんに会うたようだが、なにか格別の用でもできたのか。

——いや、過日の件と、きょうの用は、また別物だ。

言って勘兵衛は、

「実は、あの百笑火風斎どのからな……」

と、その話ははじまった。

不思議な縁、といえば縁だが、藤四郎が福井を脱藩し、それを覚った追っ手を躱しながら江戸へと向かう道筋で、やはり江戸へ向かう途中の勘兵衛の弟、藤次郎と知り合った。

聞けば藤次郎は、権蔵さまを匿っている越前大野藩の江戸勤番中の兄を訪ねるところだという。

渡りに舟と、藤次郎にくっついていった先が、浅草・猿屋町にある勘兵衛の町宿であった。

その町宿には、先客といおうか居候がいて、それが百笑火風斎と、新保龍興の一子、龍平であったのだ。

その火風斎から、勘兵衛は〈残月の剣〉という秘剣を伝授されたと［あき広］の座敷で打ち明けてきたのである。

――実は火風斎どのは、あのとき、その秘剣を新保どのに伝えるべく、病をおして江戸に出てこられたのだ。

ところが、肝腎の新保は身を持ち崩して酒に溺れる日日を過ごしていた。

そこで火風斎は、その秘剣を勘兵衛に託し、もし新保が立ち直る日がきたならば、さもなくば、孫の龍平が成長ののちにでも、代わって秘剣を伝授してほしいと願って、天寿を全うした、という。

さらに勘兵衛は、こう言った。

――どうやら、新保さんも完全に立ち直った。それで、比企さんが、無事にお父上を連れ帰るまでには、新保さんに、その秘剣を伝授しておくつもりです。

と――。

峠の茶屋の囲炉裏端で、熱い茶を啜りながら藤四郎は……。

(今ごろ新保どのは……)

勘兵衛から、亡義父《ぼうふ》の秘剣を授かっているころだろうか、などと考えている。

峠の茶屋を出て、下る栃ノ木峠は、すでに越前領である。

下りきったところに口番所があって、その先が上板取の宿、さらに北には下板取の宿と続く。

藤四郎の父、義重からの書状には、本日の八ツ(午後二時)どきに、上板取の旅籠[さかえ屋]にて待つとの条があった。

藤四郎が、特に調べられることもなく口番所を通って上板取の宿に入ったのは、まだ正午にはなるまいという頃合いであった。

4

(さて……)

まずは[さかえ屋]という旅籠を探そうか、それとも昨夜にとった中河内《なかのかわち》宿の旅籠で作ってもらった弁当が先か、と考えている藤四郎の元に、一人の若者が近づいてきて言う。

「藤四郎さまで、ございましょう」

「ん……」

声をかけてきた若者は、武家でもないし、商人にも見えぬ。

「わたしは、友吉《ともきち》と申しまして、東郷《とうごう》の山原《やまはら》家の家僕でございます」

「おう。義兄の山原伝左衛門《でんざえもん》のところの……？」

「さようでございます。このたび、藤四郎さまのお父上が、こちらへ旅するにあたり、供をさせていただきました」

「それは、いかい世話をおかけ申した」

山原伝左衛門というのは、藤四郎の姉が嫁いだ先で、越前東郷の豪族であった。

かつて、信長、そして秀吉に仕えた長谷川秀一《はせがわひでかず》という武将がいて、東郷城主となり、秀吉から羽柴《はしば》姓を与えられたので〈羽柴東郷侍従《じじゅう》〉とも呼ばれた人物であったが、嫡子なきまま文禄《ぶんろく》の役《えき》（秀吉の朝鮮出兵）で没して、家は断絶をした。

しかし、長谷川秀一の姉の嫁ぎ先が山原家で、今も名門の家として知られている。

「ところで、お父上さまとわたしは、昨夕から［さかえ屋］に投宿しておりまして、そろそろ藤四郎さまがお着きになるころではないかと、お父上様は旅籠の二階から、番所を見下ろしておりまして……」

「おう。それで、そなたが……」

「はい、さっそくに、ご案内をつかまつります」

友吉が誘《いざな》った先は、口番所から目と鼻の先の旅籠であった。

「父上……」

旅籠に入るなり、宿の上がり框《かまち》に藤四郎の父が立っているのが目に入った。

髪が総白髪に変わっているのは、やはり藤四郎が与えた、断腸の思いのせいであろうか……。

だが、父の義重は、怒りの表情を見せるでもなく、坦坦《たんたん》とした声で、

「久しいのう。達者であったか」

「はい、父上もご健勝のご様子。なによりでございます」

「うむ。とりあえず上がれ。部屋へ行こう」

「はい」

二階、六畳の部屋へ案内された。

さっそく藤四郎は、畳に両手をついて——。

「父上！」

まずは詫び言を申し述べようとしたのだが、

「なにも言うな。壮健ならば、それでよい」

「しかし……」

「うん、うん。いろいろと話し合う時間なら、たっぷりとある。まずは、こうして、無事に再会したことを喜ぼうではないか。うむ、そうじゃ。この地には、愛宕山から勧請《かんじょう》してきた愛宕神社があるという。まずは二人して、その社《やしろ》に詣《まい》って、今後の神仏の加護を願おうではないか」

「はあ」

福井の城下町の南西に位置する愛宕山（明治以降に足羽山《あすわやま》と改称）にある愛宕大権現社は、柴田勝家《しばたかついえ》が一乗谷から勧請してきた火除けの神である。

父が脇差一本を腰に差すのを見て、藤四郎も部屋に大刀を置き、脇差のみで父に続いた。

表に出ると、先ほどの友吉が待っていて、

「どうだ。この地の愛宕神社の場所はわかったか」

と、父が訊く。

「はい。宿の者に尋ねましたところ、この宿場町の西に鉢伏山《はちぶせやま》というのがあって、そちらへ向かう道筋の途中、とのことで、たいした距離ではなさそうです。ご案内をいたしましょう」

答えて、友吉は歩きだした。

宿場町から西に向かう道があり、しばらくすると、だんだんにゆるやかな上りとなって、道はくねくねと曲がる。

両脇には雪を載せた熊笹が生い茂っていて、ところどころ、兜造《かぶとつく》りという雪国独特の民家が散在していた。

いつしか友吉は、藤四郎と父とが歩む後方をついてくる。

「…………」

「…………」

友吉がいるせいか、老父は無言で歩を進め、藤四郎もまた無言で歩いた。

と、そのとき父が言う。

「ほう。見事な栃《とち》の大木じゃなあ」

右手を見上げながら言う。

なるほど熊笹が生い茂る向こうに、栃ノ木の大木が聳えていた。

父が立ち止まったので、藤四郎も立ち止まり大木を見上げた、そのときであった。

「お、なにをする！」

後ろから、いきなり友吉が藤四郎を羽交い締めにしてきたと思ったら……。

「うっ！」

思わず、藤四郎は苦痛の声をあげた。

熊笹の中から繰り出された槍が、藤四郎の左脇腹に深ぶかと突き刺さったのだ。

なにが起きたのかがわからない。

熊笹の内から、ばらばらと面体《めんてい》を隠した数人が道に飛び出してきて、手には抜き身の刀が握られている。

そのとき、友吉が羽交い締めの腕を外して――。

どんっ。

と、藤四郎の背をついた。

思わず前のめりになった藤四郎に、抜き身が振り下ろされる。

左肩口を斬られ、横なぎの刀で腹を斬られ、たまらず藤四郎は頽《くずお》れた。

それでも起きあがろうと、もがく藤四郎の眼前に、脇差を構えた父の顔があった。

「許せ！　藤四郎！」

その声を最後に、藤四郎の意識は途絶えた。

以下は、後日談である。

藤四郎の父、比企義重は、山原伝左衛門の次男（すなわち孫にあたる）を養子にとって、比企四郎兵衛《しろべえ》を名乗らせた。

そのうえで藩庁に、我が嫡男の不始末につき、本来ならば御家断絶が筋なれど、このたび、不始末をしでかした嫡男の比企藤四郎を、家名《かめい》をもって始末（殺害）いたしましたので、養子を立てて相続を願いたい、との嘆願書を提出した。

その願いは聞き入れられて、越前比企家は断絶を免れたが、再び二百石の俸禄が許されたのは、九年後のことであった。

さらに二十年後には、比企家二代目比企四郎兵衛は、福井藩の御使番に任じられることになる。

一方、父の手で殺害された藤四郎は、板取の地に葬られ、与えられた戒名は〈浄《じょう》入圓郭居士《にゅうえんかくこじ》〉であったという。

## 5

越後高田の城下町も、雪に埋もれていた。

その御城下、大手門からほど近い町家に、江戸は浅草にある菓子舗［高砂屋《たかさごや》］の隠居主従が借家して、そろそろ五ヶ月になろうとしていた。

この城下町に滞在する口実は、先祖が高田城下から近い川泉村の出身なので、先祖の供養塔を建立するため、というものであったが、事実はちがう。

［高砂屋］の隠居は藤兵衛《とうべえ》、その実、越前大野藩の元忍び目付であった。

そして従者は、子飼いの斧次郎《おのじろう》。

二人は、越前大野藩の若君である直明の暗殺を企てられたお返しに、この地に潜入して、秘かに復讐を企てているのである。

狙うは、幕府の大老と組んで、権謀術数を仕掛けてくる、首席家老の小栗美作であった。

藤兵衛こと源次右衛門と斧次郎は、数ヶ月をかけて城下の情報を収集し、改めて知り得たことが、数多《あまた》ある。

それは、意外なほどの小栗美作の評判の悪さだ。

その理由は、まるで蔦《つた》が絡まったように輻輳《ふくそう》していた。

まずは、藩主光長には二人の実妹と、腹ちがいの弟が二人に、同じく腹ちがいの妹がいた。

その腹ちがいの妹というのが、おかん（勘）といって、その嫁ぎ先となったのが小栗美作であった。

これにより美作は、知行一万七千石の主席家老にして、領主である光長の縁戚ともなったから、その権力は絶大なものになった。

すると当然のことながら、妬《ねた》みが生じる。

そのような妬みはどこにでもある、まだ可愛いものであったが、ここにもうひとつの特殊事情が加わる。

それは、寛文《かんぶん》五年に越後を襲った大地震で、ほとんど壊滅状態となった越後高田の城下町復興のために、美作は幕府から五万両の復興資金を調達してきただけではなく、大地震の翌年には、それまでの地方《じがた》知行から蔵米《くらまい》知行への変換を強行した。

当然のことながら、知行地を持つ高級家臣団からは強い反対と抵抗を受けた。

土地領有という既得権益は、単に米だけではなく、さまざまな副産物の権利も失うことになって、大いなる不利益をこうむるからである。

だが能吏でもあった美作は、さらに次つぎと改革を断行していった。能力のあるものは、たとえ軽輩、町人からでも人材を抜擢登用して重要な役職につけて、采配をふるわせる。

これには、中級家士にあたる諸役人からの不満が噴出した。

かくして、守旧派と改革派の対立、という構図が、だんだんに顕《あら》われてきた。

だが、その時点ではまだ、守旧派をとりまとめる人物が不在であった。

ところが三年前の正月、光長の嫡男が亡くなったことによって、事態は急変する。

光長にはほかに男児はなく、年齢も五十九歳、もはや子は望めない。

それで、急遽、次期藩主選定の大評定がおこなわれた。

候補者は四人いて、まずは光長の腹ちがいの弟の永見大蔵《ながみおおくら》、もう一人の腹ちがいの弟はすでに没していたから、その子息で光長には甥にあたる万徳丸《まんとくまる》、それから美作の子息の掃部《かもん》、あと一人は血縁関係のない尾張大納言の次男であった。

永見大蔵は、自分こそが……と思っていたらしいが、そのとき四十三歳という高齢を理由に小栗美作が反対し、十三歳の万徳丸こそ後継者にふさわしいと力説、これに光長も賛成したため、後継者は万徳丸と決した。

幕府もそれを許し、万徳丸は直ちに元服して、第四代将軍徳川家綱より偏諱《へんき》（名に一字をもらう）を許され、松平三河守《みかわのかみ》綱国《つなくに》を名乗り、現在は江戸下屋敷に住んでいる。

当然ながら、御家門の永見大蔵は美作を恨み、藩内の不満分子たちのリーダー格になりつつあった。

噂では、藩主光長が在国中は、さほどではないが、在府のときは大っぴらに、家臣団中枢の与力大将や侍大将たちの多くが、永見大蔵邸に集うのだそうだ。

そのことに、当然ながら美作は危機感をつのらせる。

結果、大老の酒井、越前福井の前藩主であった昌親《まさちか》らと相謀《あいはか》り、永見大蔵を越前大野藩の後継者として厄介払いしようと、画策したのであった。

さて、小栗美作に反撥する越後高田藩の家士は、日に日に増えていく。

そのきっかけとなったのが、昨年に起こった御城下の大火だ。

再び経済的に行き詰まって、美作は租税の強化と、家中四つならし、という策を取る。

家中四つならし、とは、俸禄を四割減ずるというもので、これによって家士の生活は圧迫されて、貧窮に陥るものも少なくはなかった。

　さらに農民たちは、凶作続きのところに容赦のない増税で、これは〈越後様の重税〉とも呼ばれて、怨嗟の声で満ちあふれた。

　今や小栗美作は、越後中将家家臣団の大半と、領民たちを敵にまわしているような状況であった。

　そんななか、美作の嫡男である掃部は、藩主光長の甥ということもあり、御家門並《ごかもん》に扱われ、外出の際には立傘、台傘を用い、辻や小路まで人を払って通行する、といった次第で、これまた藩士たちの不興を買っている。

　また、その母親のお勘が早くに没したことを不憫がってか、光長は国帰りの際には、城にしばしば掃部を召し出しては可愛がる、とも聞こえてくる。

　そんな具合だから、多くの家臣は小栗美作父子に対して切歯扼腕し、永見大蔵を先頭に集う守旧派は、まさに一触即発の状況下にあった。

　そんなところに、これまで御家門並とされていた小栗掃部が、正式に御家門に加えられて二千石の部屋住料が給されることになり、名も大六《だいろく》と改めた。

　これを源次右衛門は、またとない好機ととらえ、いよいよ策を弄するときがきたと判断した。

　源次右衛門が斧次郎に言う。

「以前に、わしは守旧派の頭目は永見大蔵と、もう一人の家老、岡嶋壱岐《おかじまいき》の二人だと言うたが、いま一人の大物を見逃しておったわ」

「はて、ほかにも……？」

と、斧次郎。

「うむ。この御城下におらぬものだから、うかとしておったが、岡嶋壱岐より格上の家老がおった。すなわち、一万五千石の家老にて清崎城代《きよさきじようだい》を務める荻田主馬《おぎたしゆめ》じゃ」

「清崎城といえば、糸魚川《いといがわ》の……」

「さよう。この荻田主馬を使わぬ手はない。斧次郎、すまぬが、おまえ、高田藩の御用飛脚に化けて、荻田のところへ書状を届けてくれぬか」

「もちろんでございます。して、どのような策でございましょうか」

「うむ。匿名《とくめい》の士より、ご注進。というかたちをとってな。光長さま、ご隠居のこと心に期され、ついては所領二十六万石の内、隠居料五万石を別立てとし、そのうえで、小栗大六を御養子に迎えんと発起されたるよし。事が事ゆえに、我が名は秘するが、片言隻句《へんげんせつく》ながら、ご注進に及ぶ。というような書状をな」

「ははあ、なるほど。この御城下からではなく、糸魚川方面から、火に油を注がせる、という寸法ですか」

「ふむ。必ずや、とは断定はできぬが、荻田主馬とて、小栗美作のことは憎たらしく思うておるはずじゃ」

ということになって、斧次郎はさっそく源次右衛門がそれらしく作った書状を、清崎城まで届けに出かけた。

高田城下から、糸魚川にある清崎城までは、おおよそ十二里、しかも雪に閉ざされた街道を、斧次郎は、僅かに三日で戻ってきた。

「さて、さて、どのような仕儀になろうかのう」

のんびりした声で、なりゆきを待つ源次右衛門だったが、高田城下に、これといった動きは見えない。

そして、その年も過ぎ、延宝六年（一六七八）の新年を迎えた五日の日、高田城下に荻田主馬の一行が姿を現わして、高田城外堀内にある永見大蔵の屋敷内に入ったとの噂が伝わってきた。

「ふむ。おもしろくなってきたのう」

源次右衛門も、斧次郎も、耳を皿にして、城下の噂を集めるのに余念がない。

そして七草、七日の日、永見大蔵、荻田主馬に岡嶋壱岐ほか主立った面面が大挙して、小栗美作の屋敷に押しかけた。

そこで、どのような話し合いがおこなわれたかは定かではないが、おそらく、小栗美作に対して詰問があったであろうことは、まちがいはない。

しかしながら、守旧派が手にしているのは匿名の書状が一通きり、それも匿名の書状であるから、なにひとつとして証拠はない。

おそらく小栗美作は、知らぬ存ぜぬで、その場を切り抜けたようだ。

しかし——。

その後の城下には、光長隠居のことや隠居料のこと、小栗大六の養子縁組と、にわかに噂が広まっていく。

それも噂にだんだんに尾ひれがついて、小栗美作が、御家乗っ取りにかかった、などの風説まで飛び出す始末だ。

「誰も彼もが疑心暗鬼に陥ったようじゃ。もう、ここまで火が広まれば、いずれ美作も無事にはすむまい。斧次郎、そろそろ江戸に戻ろうかのう」

藤兵衛こと、服部源次右衛門が、そう言ったのは二月に入ったころであった。

こうして源次右衛門が放った火が、いわゆる越後騒動として爆発するには、来年の正月までを待たねばならない。

# 季節はずれの梅の花

## 1

少しく時間を引き戻して、舞台は江戸、延宝五年（一六七七）の十二月である。

（ふむ……）

勘兵衛の内に、小さな憂慮が生まれたのは、師走も二十日を過ぎたころであった。

（まだ、比企藤四郎が戻らぬ……）

この二日に板取宿で父に会う、と藤四郎が江戸を出立したのが先月の二十一日であった。

まるまる、ひと月が過ぎたのである。

（少し遅すぎはしないか……）

と、思うのだ。

雪の街道を行くのだから、多少のことはあるにせよ、板取宿から江戸までは、十日もあれば戻ってこられる。

(あるいは……)

御父君との話し合いが、うまくまとまり、連れ立って、この江戸に戻ってくることになったのかもしれない。

ということになると、御父君は、いったん福井の城下町にとって返し、屋敷や家財の始末なり、諸《もろもろ》の手続きやら挨拶もして旅支度、ということになる。

夜逃げならいざ知らず、それらをこなすには十日や、そこらはかかるはずだ。

(きっと、そうだ)

勘兵衛は、そんなふうに考え、なんだかざらついた胸の内を抑えた。

(しかし……)

それなら、それで、そういった事情を藤四郎は、文《ふみ》にて松平直堅の屋敷に知らせているのではないか。

「八次郎、八次郎はおるか」

思わず勘兵衛は、八次郎を呼んだ。

そして、しかじかの事情を話し、直堅屋敷へ使いに出したのち、自らは園枝の見送りを受けて、久方ぶりに松田の役宅へ向かった。

すでに、新保龍興には〈残月の剣〉を伝えて故百笑火風斎との約束を果たし、ひとつ荷物を下ろしたような気分を抱いている、
また、その折に、縣小太郎の様子を尋ねたところ、家中では最年少ということもあって、皆に可愛がられている、と聞いて安堵もした。

その際に新保龍興が言った。

——さすがに勘兵衛どのが推薦しただけあって、あの小太郎は若輩ながら、なかなか剣の筋がよい。教え甲斐があるというものだ。

——まこと、そう思われますか。

——む……。世辞ではない。当家では五本の指に入ろう。と、いうより。む……、む、我が家中には、ろくに剣の修行をした者がおらぬでな。

と、いうことらしい。

一方——。

例の小間物屋の藤八からは、その後に連絡はない。

御家人株を売り、信州須坂にて剣道場を開いたはずの、大西栄一郎を訪ねて、平蔵

が江戸を旅立ったと聞いてから、もうひと月以上が経つ。

(どうなったであろうか……)

などと思いながら、勘兵衛は愛宕下の江戸屋敷に入った。

松田は、きょうも袖なしの綿入れを着て、いつものように執務机に向かっていた。

そして、勘兵衛の顔を見るなり、

「どうした。なにかあったか」

「いえ、特段に」

自分では平静を装っているつもりだったが、やはり藤四郎への心懸かりが、面《おもて》に出ていたのであろうか。

「で、どうであった」

と、松田が尋ねてきたのはほかでもない。

ひと月と少し前、勘兵衛は浜松藩藩主であり、幕府奏者番と寺社奉行を兼ねる太田摂津守の屋敷に招かれ、驚くべきことを聞かされていた。

それを、そっくりそのままに松田に報告をしたところ——。

——ふうむ……。

松田は唸ったきり、小半刻ばかりも考え込んだ。

そして――。

――酒井なら、やりかねぬな……。

と、つぶやき、また沈黙した。そして、

――要は、太田さまが、なにゆえそのような話を、おまえに洩らしたか、だな。

――はい。あるいは、稲葉御老中が、摂津守さまを通じて、協力せよ、とのご意志かもしれませぬ。もっとも、買いかぶりといわねばなりませんが……。

勘兵衛なりに、考えた末の推量を述べた。

――そんなところかもしれぬ。というて、これはいかにも難問。どこから、どう手をつければよいやら、わしにも知恵は湧かぬ。というて、稲葉さまは、我らにとっては数少ないお味方ゆえ、知らぬ顔もできぬしなあ。

――はあ。

――となれば、下手な鉄砲も……の伝《でん》でいくしかないが……。どうだ。おまえの思いつきでよいから、ひと月ばかり、動いてみてはくれぬか。

――そりゃあ、やってはみますが……。

――気のない返事じゃなあ。まあ、とらえどころのない話ではあるがなあ。なに、いざ、稲葉さまに会うたときに、勿体《もったい》をつける程度でよいのじゃ。くれぐれも目立たず、慎重になあ。

——と、いうことでござりますれば。

——ところで、おまえの話を聞いて、ふと思ったのじゃがなあ。

——はい。

——このところ、増上寺掃除番の菊池《きくち》どのの姿が消えたままじゃが、ひょっとすりゃあ、甲府宰相さまのところあたりに、潜り込んでおるのかもしれぬぞ。

——はあ、なるほど。

その可能性はある、と勘兵衛も思った。

菊池兵衛《ひょうえ》は、増上寺掃除番として、増上寺に参詣する者たちから噂を集め、驚くほどの情報量を有する黒鍬者《くろくわもの》で、勘兵衛自身、その情報によって、ずいぶんと助けられた。

いわば、御耳役としての勘兵衛と、どこか似通った特殊任務についている。

しかも、大目付の大岡忠種の直属であったから、甲府さま暗殺の疑いがあれば、なんらかの手を使い、甲府さまのところに潜り込んでいても不思議はない。

——ま、とりあえず、ひと月ばかりでよい。幸い、ここのところは平穏無事が続いておるゆえ、この役宅へこずともかまわぬ。おまえなりに動いてみてくれ。

と、いうことになって、ここひと月ばかり動いてみた。

その間、比企と穴子飯を食ったり、新保龍興に秘剣を伝授したりした以外は、松田の指示に従ったのだが……。

「なんら成果は、ございませんでした」

で、どうであった？　と、松田に問われて、まず結論を勘兵衛は告げて、

「甲府さま、館林さま、と両者を探るのは至難のことにて、やはり稲葉さまが推す甲府さまに焦点を絞ることにいたしましたのですが……」

「ふむ。それが、まっとうであろうな」

「となりますと、まずは甲府さまの上屋敷、別邸としての浜御殿、それから下屋敷が駒込、そして赤坂の青山宿、と合計で四ヶ所もあり、それとは別に、ただいま麻布・狸穴《まみあな》付近に、普請中の新たな下屋敷もございまして……」

「そりゃ、また、たいへんじゃ」

「そこで、まずは、対象を絞ることにいたしました。ま、狸穴は別格といたしましても、甲府さまが、駒込や赤坂の下屋敷にまいられる機会は、めったにはございますまい。すると上屋敷か、浜御殿か、ということになりますが、外桜田の御本邸は、いわば本拠地ゆえに、稲葉御老中の手も入っておるはず……。おまけにまわりじゅうが大

名屋敷ゆえ、ちょいと手を出しかねます」

「ふむ。では、浜御殿のほうか」

「はい。幸い、我が町宿からも指呼《しこ》の距離にて、そのように絞り込みました」

「なるほど。それで……」

「浜御殿の御門は、大手御門と中之御門と二つきり。ほかに水路もございますが、賄い方に届けられる食材は、おそらく中之御門からと見当をつけて、汐留川《しおどめかわ》河口あたりで釣りをしながら見張っておりましたところ……」

魚介類は小田原町の魚問屋［西宮甚左衛門《にしみやじんざえもん》］、青物は多町《たちょう》の土物問屋［葛西《かさい》屋］が納入業者と判明した。

そこで、次には両問屋の手代や、運送人足たちが出入りする居酒屋を探り、それとなく近づきになって、内部情報を仕入れようとしたのだが、これといった成果は出てこなかった。

「そうじゃろうのう。なにしろ他家の内証のことだ。まさに隔靴搔痒《かっかそうよう》の感であったろうなあ。いや、無駄なことをさせて悪かったが、出入りの問屋を突き止めたということだけでも、いざというとき、稲葉さまにつむじを曲げられずにすもうというものだ。いや、ご苦労であった」

と、かえって松田は勘兵衛を労《ねぎら》ってくれた。

ところで靴などない、この時代に、隔靴掻痒などと言ったのか、という点だが、この四字熟語は、中国南宋代の禅書『無門関《むもんかん》』などにも見えて、この禅書は江戸期に脚光を浴びたことにより、現代同様に使われていたことを付記しておきたい。

ところで――。

松平直堅家に使いに出していた八次郎が、松田役宅にやってきて言うのに、

「比企藤四郎さまからの御連絡いまだなく、直堅さまはじめ、家中一同、御懸念とのことにございます」

「そうか……」

たちまち、勘兵衛の内に暗雲が立ちこめはじめた。

## 2

四日後のことである。

七ツ（午後四時）過ぎ、勘兵衛が松田役宅から、まっすぐに町宿に戻って一刻近くが過ぎたころ、

「松田さまが、お呼びでございます」

松田与左衛門の若党、新高八郎太が使いできた。

(なにごとであろうか)

取り急ぎ着替えて、そろそろ暮色も濃くなってきた道を、勘兵衛は愛宕下に急いだ。

「松田さまは、ただいま居室にて……。すぐお知らせいたしますほどに、執務室にて、お待ちくださいい」

松田用人の新高陣八が言い、倅の八郎太が勘兵衛と一緒に執務室に入ると、行燈《あんどん》に火を入れたのち戻っていった。

やがて――。

「夕飯どきに、すまぬな」

声から先に、執務室に入ってきた松田が言う。

「つい先ほどに、おまえ宛の書状が届いたものでな」

松田が小さく眉をひそめながら言った。

「わたしにですか」

「さよう。これじゃ」

文机から、取り出された書状が手渡された。

表書きに、〈江戸愛宕下、越前大野松平但馬守直良公御屋敷内、落合勘兵衛殿〉と、たしかにある。

その厳《いか》めしさに首を傾げ、裏を返して思わず勘兵衛は、

（あっ！）

と、心の内に叫んだ、

〈比企数馬《かずま》義重〉

と、ある。

（藤四郎の、お父上ではないか……）

たちまち、勘兵衛の内に不吉な予感が充満した。

もどかしい思いで、封を切る。

書状のほかに、ぽろりとこぼれ出た紙片が畳に落ちた。

まず、それを拾い上げた。

比企藤四郎に手渡した、勘兵衛名義の道中手形であった。

（むう！）

ひきちぎらんばかりの手つきで、書状を開く。

越前比企家は拙下《せっか》比企数馬義重が興《おこ》せし家にて候。御家存続のためにも、家名によって愚息を始末せしこと、一筆仕《つかまつ》る。故藤四郎への御交誼に感謝の意を表するとともに、直堅家へも伝言《つてごと》賜わらんことを願い奉る。


「馬鹿な！」

脱力感が襲ってくるなかで、勘兵衛は吐き捨てるように言った。

(家名によって……だと！)

「やはり、悪い報らせか」

「はあ」

すでに予感をしていたであろう松田に、勘兵衛は藤四郎の父の書簡を手渡した。

「ふむ……」

松田は読み終わって、ぽつりと感想を漏らした。

「泣いて馬謖《ばしょく》を斬る、などともいうが、いまどき、なんと頑迷な父御じゃ」

「…………」

「…………」

しばし、二人しての沈黙ののち、勘兵衛は絞り出すような声で、

「覆水盆に返らず、と申しますが、あまりに無念……」

あふれ出ようとする涙を必死に抑え、

「さっそくにも、この悲報、これより……」

詮ないことながら、声が途切れた
「うむ。西久保へまいるか」

「はい」

「その前に、腹ごしらえでも、していってはどうじゃ」

「いえ、とても喉を通りそうにはありません」

勘兵衛は、新高陣八から提灯を借りると、芝の切り通しへと向かった。

十二月二十日のことである。

3

勘兵衛の元に比企藤四郎の悲報が届いて、はや二十日余の刻《とき》が流れた。

この年は十二月のあとに閏月《うるうづき》があって、閏十二月十三日が、立春にあたった。

もうそのころ、江戸では春告草《はるつげぐさ》とも呼ばれる梅の花が、ぽつりぽつりと開きはじめていた。

閏月は、季節と月日のずれが、あまりかけ離れないように入れられて、それなりの規則もあるようなのだが、ときどきは、こういった失敗例もある。

なにしろ、年も明けないうちに、はやばやと立春があり、梅の花が咲くのだから、江戸市民たちは、大いにブースカ、不満たらたらであった。

だが、勘兵衛にとっては、閏十二月に咲きはじめた梅に、ついつい比企藤四郎を重ねてしまう。

遠く越前の地に散った藤四郎が、こんなかたちで江戸に戻ってきたか、と考えることで、ともすれば顔を覗かせる悲しみや無念を、押し殺していたのかもしれない。

わずかに三年半ほどの交際であったが、比企藤四郎との思い出が、事あるごとに甦ってくる。

それに、命日すらわからない。

おそらく十二月の二日だと思うのだが、それもはっきりせず、墓所だって知らない。

小さく溜め息をつくしかない。

そんなある日、［吉野屋］藤八が露月町の町宿を訪れてきて——。

「つい先日に、平蔵が戻ってまいりました」

との報告があった。

「で、首尾は？」

「はい。信州須坂には城がなく、代わりに陣屋があるところだそうですが、その陣屋からほど近い上町《かみまち》というところに、大西さまは、剣道場を開かれておったそうで、［山村座］の芝居茶屋で見かけたのは、まちがいなく荒川三郎兵衛であった、と断言をされ、連れの町人の特徴も、なんとか思い出してくださいました」

「そうか。それはよかった」

須坂藩・堀《ほり》家は一万と五十三石の外様《とざま》大名であるが、二代将軍の徳川秀忠に近侍したことから、譜代大名に準じる待遇を願い出て、最初は認められなかったものの、いまでは〈願い譜代〉の地位を得ている。

「例の［那波屋］には、八人の手代がおりますが、それで、だいたいの見当はつきました。あとは、その手代に近づいて懐柔するか、それとも……と、策を練っておるところです」

「そうですか。それから、少しばかり気になっておったのですが、あなたは、土屋老中のところの御用達《ごようたし》でありましたな」

「たしかに……」

「そのきっかけとなったのが土屋家の奥用人で、その人物から荒川の、その後のことを聞き出されたのでしたね」

ならば、その奥用人を通じて、いまは山田と変名しているらしい荒川の元に、どんなふうに陰扶持が流れているかを知ることができるのではないか——。

などと、勘兵衛は考えていたのである。

「はあ、その奥用人の熊沢さまは、一昨年の冬に、風邪をこじらせて、黄泉《よみ》の国へと旅立ちましたのでございますよ」

「そうであったか。すると、[那波屋]の線しか残っておらぬ、ということになるなあ」

「そういうことでございます。冬切米の時期は逃しましたが、春借米《かしまい》の時期には、なんらかの動きがございましょう」

「春借米は二月……」

「はい。うまくいけばいいのですが」

ちなみに夏借米は五月、冬切米は十月というのが、慣わしであった。

4

年が明け、延宝六年の新年を迎えた。

勘兵衛は気分も新たに、園枝と付き女中のひさ、それに八次郎と飯炊きの長助爺も連れて、江戸の総鎮守、神田明神へ初詣でに出かけている。

江戸では、七草がゆを食べる正月七日までが松の内で、藩主による将軍への年頭の挨拶には関わっていない勘兵衛は、出仕する必要はない。

それでも縣小太郎や、[瓜《うり》の仁助《にすけ》]や[冬瓜《とうがん》の次郎吉《じろきち》]など、それに、仕事関係では大工の長六やら、次つぎと年賀の挨拶に訪れてくる者たちの応対に追われた。

松平直堅家で家老預かりになっていた縣小太郎は、筆字の筋が良いのを見込まれて、祐筆《ゆうひつ》役を拝命したそうだ。

なにはともあれ、嬉しい知らせであった。

そして、七草がゆの当日には、弟の藤次郎が町宿に訪ねてきた。

昨年の十月に、勘兵衛にとっては天敵ともいえる、山路亥之助を討ち取って以来のことである。

年頭の挨拶ののち、藤次郎は言った。

「実は、目付見習いの、見習いがとれました」

「そうか。それはめでたい」

奇《く》しき縁から勘兵衛が、大和郡山藩本藩と深い繋がりを持ったのは、山路亥之助という存在があったからで、それがまた縁となって弟の藤次郎は、大和郡山藩本藩に仕官することになった。

そんな縁《えにし》を考えてみれば、まさに禍福はあざなえる縄のごとし、というとおりで、あながち亥之助という存在は、悪縁ばかりではなかった、ということになる。

それはそれとして、目付見習いの職にあった藤次郎が、三年と少しの任官で、それも二十歳の若さで正式な目付職に就けたのは、やはり、江戸に巣くっていた、本多中務大輔政長の命をつけ狙う、支藩の暗殺団を壊滅させた功によるものだろう。

藤次郎は続けた。

「で、この夏には、殿のお国帰りのこともあり、わたしは一足早く国許の情勢を見極めるべく、来月早早には江戸を離れます」

「そうか。大和郡山へなあ。日高どのや、清瀬どのも一緒か」

「いや。清瀬は江戸に残って引き続き警戒を続け、殿の国帰りの際にご同行、という段取りです。で、日高どののほうは、なにやら私用があるとかで、昨年の師走の内に江戸を発たれましたが、もちろん国許で落ち合う手筈になっております」

（そうか。藤次郎にとっての国許は、もはや故郷の大野ではなく、大和郡山か……）

ふと、そんなことを思う勘兵衛である。

暗殺団一件が一段落したのを待ちかねたように、実は日高信義が、山城の国は乙訓《おとくに》郡《ぐん》の向日町《むこうまち》にいる娘の小夜《さよ》と、小夜が生んだ孫（勘兵衛の息子）に会いにいったなど、勘兵衛も藤次郎も知るよしもないことであった。

勘兵衛の仕事はじめは、すでに故郷にて祝言をあげた平川武太夫が、江戸屋敷にて住まう住居普請の差配であった。

すでに昨年の内に地鎮祭を済ませて地形師《じぎょうし》が入り、地ならし、地固めも終わって、木割《きわり》を終えた資材も運び込まれている。

勘兵衛は大鋸町に大工の長六を訪ね、左官を入れるのはいつ、建具師や瓦師は、と打ち合わせに余念がない。

なにしろ、職人の手の空いたとき、空いたときを使って安上がりに上げようとしているのだから、結局のところは長六頼みなのだが、けっこう勘兵衛には性にあう作業でもあった。

ところが――。

それから二日が過ぎた、一月十日のことである。

午前に江戸城の西、四ッ谷伊賀町《いがまち》から出た火は、折からの強い北風に煽られて火勢を強め、勘兵衛の元にも聞こえてくる半鐘の音は、午後になっても鳴りやまなかった。

そんななか、大工の長六が駆けつけてきて勘兵衛に言った。

「若いのに様子見にいかせましたところ、火は赤坂にまで及び、なお麻布にも広がりそうな勢いでござんす。となると、職人の手が空いたとき、空いたときなどと悠長なことは言っておられなくなりました。すでに、あらかたの職人の手配は終えましたので、一気呵成にやらせていただきます」

そうか、大火のあとは資材は高騰し、大工や職人の手も払底《ふってい》するはずだ。

半鐘の音を聞きながら、そこまで気がまわらなかったことを勘兵衛は悔やんだが、さすがに長六の手回しは早かった。

「一気呵成ということになると、損を出すということになりはしないのか」

勘兵衛が、それを心配すると、

「なに。なにごとも目論見《もくろみ》どおりに進まないのが、あっしらの稼業、いったん、請け負いましたからには、そんなご心配など、ご無用に願います」

長六は、胸のすくようなことを言って、

「まだ、押さえなければならねえ職人もおりますんで、これにて失礼をいたします」

風のように去っていった。

結局のところ、このときの火災は赤坂、麻布を焼いて新堀川のところで、ようやくに鎮火した。

全焼した家屋は三千軒に及び、もし長六が手をこまねいていれば、二月末はおろか、平川武太夫が愛宕下に戻ってきても、まだ住居はできあがっていなかったであろう。

胸を撫で下ろした勘兵衛であったが、次には、新たな心配事も生まれた。

火は四ッ谷伊賀町から出て、赤坂、麻布を焼いて、新堀川のところで鎮火したというが――。

赤坂や麻布は、松平直堅邸のある西久保に隣接している。まさか、類焼ということはあるまいな。

それに――。

出火元の四ッ谷伊賀町は、[冬瓜の次郎吉]が住む、四ッ谷塩町から近い。同じく、被害はなかったか。

そこで、松田の若党である新高八郎太に頼んで西久保の様子を、八次郎には四ツ谷塩町まで様子見にいかせた。

幸い、どちらにも被害はなく、まずは祝着《しゅうちゃく》というところだ。

さて、大工の長六が一気呵成に、と言った平川武太夫の住居は、あれよあれよという間に普請が進み、半月ちょっとで落成を見てしまった。

「いやあ、たいしたものだ」

これには松田も大いに感心をして、前金を渡したのちの残金とは別に、

「報奨金の名目で、別に五両ばかりも包んでやれ」

という次第になった。

5

それから数日が経った一月の二十七日、吹く風は、はや温かく、

「なんと、早くも奥向きの庭では、桜の蕾らしきものが、ぽつぽつ、つきはじめたというぞ」

まだ手焙りの火は絶やしていないが、袖なしの綿入れは脱いだ松田与左衛門が、

「それは、そうとな……」

言ってのち、くっくっ、と笑う。

「はて？」

「いや、なに……。人間、思い込みほど、こわいものはないということよ」

「はあ……」

この松田、ときおり、こういった訳のわからぬ物言いをする。

「いや、国許から書状が届いたのだが、武太夫夫婦と、その母御、それからご新婦の二親《ふたおや》の五人に、道中の警護役につけておいた目付衆二人、今月の二十日に国許を発ったそうだ」

「えっ！」

「ほら、そこじゃ。わしゃ、うかとして、昨年の十二月に閏月があるということに気づかずにおったでな」

「あっ！」

思わず勘兵衛も、ようやく、そのことに気づいた。

「おまえも、そうであろう」

「いや、まさに……」

勘兵衛もまた、汗顔《かんがん》の想いである。

故郷大野の雪解けは、だいたい二月に入ってから、それから旅立って、平川武太夫らが江戸に戻るのは三月になって……。

まさに、そんな思い込みから、平川の住居を二月末までに、ということで勘兵衛も普請の差配をしていたのである。

暦のうえでは、寒さの絶頂にくるのが立春、逆に立秋は暑さの絶頂にくる。

二十四節気のうち、立春の次にくるのが雨水《うすい》、その次が虫が這い出てくるという啓《けい》蟄《ちつ》だ。

雪氷が溶けて雨水《あまみず》となるのが雨水《うすい》の節気で、これが昨年の閏十二月の内にあった。

となれば、当然のことに平川たちの帰参は、もっと早まると考えねばならなかった。

それより、なにより……。

つい数日前には、春の彼岸会も終わっていたのに、それでもなお、気づきはしなかった。

「いやあ……」

再び勘兵衛は後頭部に手をやって、

「まさに、思い込みはこわいものですなあ」

つくづくと言った。

松田が返す。

「それにしても、いや、武太夫というのは、なかなかの強運の持ち主ということになろうなあ。本来ならば、江戸に着いても、まだ住居もできあがってはおらなかったところだ」

「そうですねえ」

いまだから笑い話ですませられるが、この十日の火事がなければ、そういうことになっていたはずである。

一月十日の火事で、大工の長六が駆け込んできたときには肝を冷やしたが、それが、このたびは幸いしている。

災い転じて……というのを、地でいったような展開になった。

そんな折も折――。

「落合どの、松平直堅さまのところから、縣小太郎が使いにまいっておりますが……」

と、新高陣八が知らせてきた。

「そうですか。すぐにまいります」

なにごとであろうか、と考えながら勘兵衛は、松田役宅の玄関に向かった。

「どうした？　小太郎」

式台の向こうに立つ小太郎は、新しく結い直したのか長髷《ながまげ》も凛凛しく、すっかり勤番侍らしくなっている。

一礼をしたのち、小太郎が言う。

「永見家老に、言付けを言いつかってまいりました。本日の早朝、殿のご長女が無事に生まれましてございます」

「お……、そうか。母……、いや、御母堂は、あのおしずさまか」

「はい。ええと、いまは志津子《しずこ》と名が変わっておりますが……」

「そうか。志津子さまか。いや、それにしてもめでたいことじゃ」

志津子こと、おしずは［千束屋］政次郎の一人娘で、かつて政次郎は、その娘と勘兵衛をくっつけたがっていたことがある。

「永見家老の言われるには、本来であれば、正式の使者を立て、恩顧ある当家のお殿さまにお知らせをするべきところではあるが、比企さま逝《せい》したのちに、いまだ器量揃わぬ者たちばかりにて、失礼ではござるが、勘兵衛さまから、その旨、よろしく取りはからっていただきたい、とのことでございます」

「わかった。江戸留守居の松田さまに、まずお伝えし、そののち、主君直良さまにお伝えをいたそう」

「よろしくお願い申し上げます。では、これにて……」

再び一礼をしたのち、小太郎は踵を返した。

「なに、権蔵に女児が生まれたか」

松田は今もって、松平直堅のことを権蔵と呼ぶ。

そして、「ふーむ」と溜め息をついて——。

「我が若殿と権蔵は同い年、こちらはいまだ、その気《け》もないというのになあ」

そんなふうに言われると、勘兵衛にもいささか感じるところはある。

今年二十三歳、勘兵衛もまた、直明ぎみや松平直堅と同じ明暦二年（一六五六）の生まれだが、園枝にもいまだ懐妊の気配はなかった。

松田が言う。

「ともあれ、祝賀の使者は出さねばならぬが、それよりも、幕府にどのように届け出るかを悩んでおるはずじゃ。まずは、さっそくにも我が奏者役を使わしてやろう」

奏者役は、儀礼典範に詳しい。

口は悪いが、気配りだけは痒いところにも手が届く松田であった。

勘兵衛も言う。

「政次郎さんのところにも連絡が行っているとは思いますが、とりあえず祝辞なりとも、と思うのですが」

「おう。政次郎には、いろいろと世話をかけておる。適当に祝いの品を選んで、さっそくにも行ってやれ」

といういう次第で、一旦は町宿に戻り、八次郎を連れて、小網町二丁目の貝杓子店に向かうことにした。

# 下槇町《しもまきちょう》の妾宅

## 1

二月に入ってすぐ、勘兵衛は弟の藤次郎と昼前に待ち合わせ、花川戸《はなかわど》にある［魚《うお》久《きゅう》］の二階座敷で酒を酌み交わした。

［魚久］は、勘兵衛がかつて赤児を拾った際に、世話をかけた［六地蔵の久助《きゅうすけ》］親分の女房、おさわが女将《おかみ》の料理茶屋である。（第十巻：流転の影）

二階座敷は大川に面していて、開けた窓からは穏やかな春風が入ってきた。

向こう岸の川上のほうの堰堤《えんてい》では、三分咲きほどになった彼岸桜が、ちらほらと望まれる。

春の、そんな伸びやかな風景を愛《め》でつつ、勘兵衛は尋ねた。

「で、大和郡山へ旅立つ日は決まったのか」

「はい。三日後の七日に発つ予定です」

「そうか。ちょうどよい季候だが、道中、気をつけていくのだぞ」

次には、いつ会えるともわからない。

いわば藤次郎の、昇進祝いを兼ねた壮行会でもあった。

「はい。兄上もご健勝で……。義姉上《あねうえ》にも、よろしくお伝えください」

「うむ。ところで、父上、母上のところには知らせたのだろうな」

「はい。すでに書状を送りました。大和郡山に着いたら、また、お知らせをするつもりです」

「そうか。ということならば、きょうは思う存分に酒を酌み交わそうぞ」

実は、昨日も昼過ぎに、平川武太夫が愛宕下の江戸屋敷に戻ってきた。

もちろん、新妻《にいづま》となった里美や、武太夫の母の久栄《ひさえ》も一緒である。

平川一家を、無事に新住居に入れたことで、勘兵衛も肩の荷を下ろし、やや開放的な気分になっていた。

藤次郎の話では、藤次郎の主君である本多中務大輔政長は、四月も半ばごろに江戸を発って国帰りの途につくという。

藤次郎は、その道程の順路を辿って、大和郡山に入るという。

途中、主君が宿泊予定の本陣や脇本陣まわりに不審な影はないかどうか、先輩目付とともに、巡察も兼ねているという。

（そういえば……）

我が殿も、この四月には国帰りだ。

参勤交代の国帰りには、将軍より暇《いとま》をもらい、御礼をすませたのちに、江戸上屋敷を発つことになる。

もっとも、いちいち、将軍に目通りを願うということではなく、上屋敷と幕閣との間に、書類が行き来するわけだ。

主君、直良公の今年の国帰りに際しては、江戸留守居役の松田に教えられながら、勘兵衛自身が、そういった書類作成をまかせられることになっていた。

そのことが頭に浮かび、ふと緊張を覚えるのを脇に押しのけるように、

「ときに、大和郡山への道筋は、どういう具合なのだ」

と、勘兵衛は尋ねた。

「はい。まずは東海道を上って、尾張、熱田の宮から海上七里を渡って桑名《くわな》宿に入ります」

その後は桑名城下から東海道を南西に下り、途中から伊賀街道に入り伊賀上野城下へ、というふうに藤次郎が説明する。全行程およそ百二十五里で、十三日を要するというから、ほぼ、越前大野藩の参勤交代と大きな変わりはなさそうだ。

およそ二刻ばかりも、あれこれと話し、七ツ（午後四時）ごろには、女将が用意してくれた［魚久］所持の屋根舟に乗った。

それから、大和郡山藩本藩の江戸屋敷から近い神田川の和泉橋《いずみばし》袂で舟を下りた兄弟は、

「では、達者でな」

と、兄の勘兵衛が言い、

「兄上こそ、お元気で」

と、藤次郎が答えて右左に別れた。

## 2

二日ののち――。

（いよいよ、明日が藤次郎の旅立ちの日だな）

できうれば、高輪《たかなわ》あたりまで見送ってやりたいところだが、藤次郎は先輩の目付と一緒の道中だとのことで、そういうわけにもいかない。

朝食を終えた勘兵衛が、そんなことを考えているところに［吉野屋］藤八のところの番頭、忠兵衛がやってきて言う。

「旦那さまが、お会いしたいと申しておりますが、ご都合はいかがでしょうか」

（ふむ！）

そろそろ春借米の時期だ。

さては、仇の荒川三郎兵衛について、なんらかの進展があったのかもしれぬな。

とは思ったが、

「きょうは通勤日だが、七ツ（午後四時）過ぎには戻ってくる。それでどうだろう」

「わかりました。そう旦那さまにお伝えいたします」

と、いうことになった。

差し迫った仕事というのではないが、昨日あたりから、ぼつぼつと、まずは藩主国帰りに際しての、幕閣への届けの書き方、その後の流れなどを、松田与左衛門から教わりはじめていた。

そして七ツ前には松田役宅を辞して、勘兵衛は町宿に戻る。

いつものように、園枝の手を借り着替えをすませ、さほども待たぬうちに、［吉野屋］の藤八がやってきた。

その藤八が言う。

「須坂の大西栄一郎さまから、お聞きした人相の［那波屋］手代は、名を定吉《さだきち》というのですが、なかなか取り入ることができず、結局のところは、駿河町の店先を見張ることになりました」

「ふむ。で、そのあとをつける」

「さようで。で、のちほどに定吉が訪ねた先先《さきざき》の住人を確かめる、といった方法でございます」

根気のいる方法であった。

実際に見張って、あとをつける役は、小間物行商の平蔵であろう。

「で、昨日に定吉が出かけた先というのが何軒かあり、［那波屋］閉店ののちに、平蔵が、その一軒一軒を確かめに歩きましたところ、ついに山田成右衛門《せいえもん》を名乗る家に突き当たりました」

「というても、山田というのは、どこにでもある姓であろう」

「そのとおりでございます。で、それとなく近所の者に確かめたところでは、山田成右衛門は金貸し稼業で、六尺豊かな大男、おまけにゲジゲジ眉ということでございましてな……」

「ほう。では、大当たりかな」

「はい。それでも平蔵は念のため、口実をかまえて自身番屋に、山田成右衛門の家族構成を尋ねたところ、ご妻女のほうは五年ばかりも前に亡くなり、現在は父子二人が暮らしておって、子の名前が彦太だといいます」

「どんぴしゃり、ではないか」

松枝主水と、その若党の大竹平吾が斬り殺された当時、下手人の荒川三郎兵衛が住んでいたという下谷上野町の裏店を、藤八が調べたところ——。

武州浪人の荒川三郎兵衛三十四歳、妻女は一枝で二十四歳、長男が彦太で五歳と記載された人別帳を発見している。

「はい。しかも一家が、そこへ越してきたのが十五、六年の昔、ちょうど荒川が土屋家から出た時期に一致します」

ここまでくれば、もう、まちがいはない。

「で、その場所とは、どこなのだ」

「本材木町八丁目から近い角町《すみちょう》の、乗物屋の向かいにある一軒家でございましたそうで……」

乗物屋というのは、引き戸のついた駕籠を作って売る商売だ。

「角町な……」

勘兵衛には、あまり聞き覚えのない町名であった。

「いや、平蔵の地団駄踏んで、悔しがること、悔しがること、少しばかり気の毒でございましたよ」

「なぜでしょう」

「はい。前にも申し上げましたが、平蔵が住むのは畳町の裏店、その畳町の西が具足《ぐそく》町《ちょう》で、その西に角町と続きます。つまりは、ほんの近間《ちかま》の、同筋のところに住んでいながら、長いこと気づかなかったわけで」

「なるほど、それは悔しかろう。いや、あまりに近すぎて、かえってわからぬということもある」

「そうでしょうなあ。平蔵は、小間物の行商をしながら荒川を捜しておったのですが、住まいの近間での商売は控えていたようで……」

言って、藤八は空でも仰ぐように、天井に目をやった。

(それも、また、一種の思い込みであったろうな……)

勘兵衛は勘兵衛で、つい最近に経験した、あまりの迂闊さを思うのであった。

「平蔵は、荒川の住み処を見つけ出したことを、昨夜も遅くに、わたしに知らせてきたわけですが、まあ、あまりに悔しかったのでしょう。さっそく、その山田成右衛門を名乗る家に、小間物屋として入り込んだそうです」

「なに、それは、ちょっと危なくはないか。怪しまれでもしたら、元の木阿弥《もくあみ》だ」

勘兵衛は眉をひそめた。

「まあ、やむにやまれず、というところでしょうか」

藤八は、小さく苦笑いをして続けた。

「出てきたのは、息子のほうの山田彦太で、あいにく山田成右衛門を名乗る荒川の姿は見ずじまいに終わったようですが、誂えの鼻紙袋の注文をとったそうです」

「ほう、そりゃあ……」

たいした腕ではないか、と勘兵衛は思う。

鼻紙袋というのは、まあ一種の紙入だ。鼻紙や薬や金銭などを入れて携帯する袋のことだ。布製や革製もあり、意匠もさまざまに工夫されている。

話の流れからすると、今朝方に［吉野屋］の番頭が使いできたときには、藤八は、まだ平蔵が角町の山田宅を訪ねたことは知らず、勘兵衛が松田役宅にいる間の新情報のようだ。

「では、誂えの注文をとったのなら、今後はしばしば大手を振って出入りできるわけだから、いずれは、仇の荒川にも出会えような」

と、勘兵衛が言うと藤八が、

「はい。落合さまのお力添えで、どうにか、ここまでたどり着きました。また進展がございましたら折折に、ご報告を申し上げますが、これ以上、落合さまの手を煩わせるようなことはないと思います」

「そうですか。では、陰ながら大願成就を祈っております」

元より勘兵衛に、仇討ちに加勢するほどの義理などない。

3

一口に参勤交代というが、国許からの出府、すなわち江戸に向かうのが参勤で、国帰りのことは交代といった。

参勤の場合は国許から使者を立て、幕府に参勤伺いをするのを手はじめに、参勤前の手続きやら参勤後の手続きといった、まことに手間暇のかかるものだった。

それに比べれば交代の場合は、江戸留守居役が月番老中に御暇《おいとま》の願い書を出す。お許しが出る。お許しに対しての御礼をする、といったぐらいの儀礼的な手続きですむ。

満開の桜が散り、雁《かり》が北へと戻っていって、躑躅《つつじ》や藤の花が咲き揃いはじめたのは、この年の場合、三月の半ばに近いころであった。

松田に教えられながら、来月の主君の国帰りに際して勘兵衛が書き、松田とともに幕閣に提出した御暇の願い書は、まことに偶然なことながら、

〈御暇差し許す〉

と、御用番（月番老中）の土屋数直から許諾が出た。

そこで、次には勘兵衛は江戸留守居役である松田の供で、将軍家ならびに土屋老中の元へ、所定の御礼の品を届けている。

これにて、すべて主君お国帰りの手続きは終わり、四月九日に江戸発駕《はつが》が正式に決まった。

従来なら、藩主直良の国帰りの発駕は、四月二十日前後というのが通例であったが、今回は暦の関係で、四月二十日過ぎには入梅がある。

そんなことも思量して、大名行列が雨に遭うことなく入梅前にお国入りを、と考慮したのであった。

なにはともあれ、勘兵衛にとっては、ほっと肩の荷を下ろした想いである。

さて、そうなると――。

偶然ではあったが、わずかに土屋老中との接触があった。

その土屋数直は、二十年の昔――。

酒が入った勢いから、将軍家より御拝領の太刀を、たまたま訪問した陸奥白河藩の藩士、松枝主水に与えてしまった。

酔いも醒めて大いに土屋はあわてたが、松枝は太刀の返還を拒否したために、松枝主水と、その若党である大竹平吾が斬り殺されるという事件が起こった。

その大竹平吾の一子、平蔵は、父の仇を探るべく江戸に出てきて、いとこちがいにあたる小間物屋の［吉野屋］藤八を頼り、流しの小間物商をしながら、もう十数年も仇の荒川三郎兵衛を捜し続けていた。

そして、ついに先月になって、山田成右衛門と変名した荒川の住居を突き止めたという。

（あれから、すでに、ひと月と十日ばかり……）

その後の進展について、藤八から、なにも言ってこない。

（ふうむ……）

職務に一段落がついた勘兵衛は、ふと、その点を訝《いぶか》った。

「八次郎」

「はい」

「すまぬが、［吉野屋］の主に会って、その後のことを尋ねてきてくれぬか」

「承知しました」

勘兵衛自身で出かけてもよいのだが、藤八が最後に、「これ以上、落合さまの手を煩わせるようなことはないと思います」と言ったことを思い浮かべると、こういった間接的な方法をとるほうがよかろうか、と考えたまでである。

やがて、八次郎が戻ってきて言うには――。

「藤八どのは、いや、まことに旦那さまには合わせる顔がない、と恐縮しきっておりました」

「なに。ということは、なにやら異変でも起こったのか」

「はあ、異変というほどのことではありませんが、角町の家には山田彦太という二十五歳の男と、三十過ぎの小女と二人で住んで、肝腎の親父のほうの姿が見えぬというのです」

「なんと、仇の姿が見えぬというか」

「はい、平蔵というおひとが、倅の彦太に、それとなく尋ねてはみたそうですが、なにやら、はぐらかされてしまったそうで……」

向かいの乗物屋の職人なり、近所の者に聞きまわる、という手もあるが、それが彦太の耳に入れば、かえって怪しまれてしまおうか、と自縄自縛《じじようじばく》に陥っているようだ。

ただ、金貸し稼業は山田彦太が続けているようで、今度は［吉野屋］の番頭が平蔵に代わり、伝手《つて》をたぐって彦太のところに借金の申し込みにいったそうだ。

借りずともよい金を借り、その際に小女とも顔を繋ぎ、それとなく小女に近づいて聞き出したところによると、山田成右衛門は月に一度くらいは戻ってくるが、どこで、どのように暮らしているのかは、自分も聞かされていない、という。

つまりは、どこかに別宅があるようだが、それがわからない。

今は二六時中、角町の家を見張るしか手がない、と藤八は言っている、というのが八次郎の報告であった。

## 4

更衣《ころもがえ》は四月一日と決まっているが、こうぽかぽか陽気だと、綿入《わたい》れでは少しばかり暑苦しくもある。

「園枝、袷衣《あわせ》は残っておらぬか」

勘兵衛が尋ねると、

「いえ、まだ綿を抜いてはおりませぬ」

袷衣は裏地がついた小袖で、裏地との間に綿を入れて綿入れとなる。

「では、単衣《ひとえ》ならどうだ」

単衣には裏地がなく、麻製のものは帷子《かたびら》と呼んだ。

「それならございますが、かなりの古着でございますよ」

「おう、それでよい、ますます好都合」

「と、言われますと、どこかへお出かけでございますか」

「うむ。ちょっとな……」

これまでにも、わざわざ粗末な単衣で御家人ふうを装い、他行することしばしばであったから、園枝にはお見通しのようだ。

きょうは非番をいいことに、例の角町の家を見ておこうか、という気分になった。

見たからといって、どうなるものでもないが、野次馬根性というようなものか。

あえて言うなら、藤八から、しばしば平蔵の名は聞いているが、勘兵衛はまだ、その平蔵という男に会ったことがない。

その平蔵は、角町の家を二六時中見張っていると思われるから、その面魂《つらだましい》をそっと拝んでもみたい。

部屋着から、古着の単衣に着替えるのを手伝いながら園枝が言う。

「もしや。三社祭《さんじゃまつり》に出かけられるのでは、ございませんでしょうね」

「え……？」

「いえ、おねだりをしているわけではございませんが、昨年が、あまりに楽しかったものですから」

（おう！）

思い出した。

昨年のきょうは、越後高田の賊たちの面体《めんてい》を確かめるため、祭見物を装い、園枝も同行して船渡御《ふなとぎょ》を見物したのであった。

勘兵衛は笑いを嚙み殺して答えた。

「なあ、園枝。三社祭は二年ごとの祭で、次に開かれるのは来年のことだ」

「あら、さようでございましたか」

言って園枝は、着物の袖で口元を隠した。

その肩口に勘兵衛は手を置いて、

「なに。この六月には、天下祭とも呼ばれる山王祭《さんのうさい》がある。一緒に見物にまいろうではないか」

「ほんとうに……。それは、嬉しゅうございます」

「うむ。楽しみに待っておれ」

言って、勘兵衛は着流しの脇差一本きりで、角町に向かった。

この角町というのは、のちに柳町《やなぎちょう》と名が変わるが、ずっと昔には遊女町であったところだ。

慶長《けいちょう》（一五九六〜一六一五）のはじめに、北条《ほうじょう》家の浪人庄司甚右衛門《しょうじじんえもん》が、まずは鈴ヶ森に遊女宿を集め、次には具足町東の葦沼《あしぬま》を埋め立てて、南から角町、中の町、柳町と名づけて十字街と唱《とな》えた。

河岸傾城《かしけいせい》と呼ばれる遊女町が、そうしてできあがったのだが、そののち、あちらこちらに散らばった遊女町を、日本橋の北に集めて元吉原《もとよしわら》となり、さらには新吉原《しんよしわら》へと引っ越すことになる。

角町は、そんな古い遊女町の名残りの町名で、もうまもなくすると柳町と改称され、角町は炭町と字を替えて、竹商人が軒を連ねる京橋川の北河岸に移る。

というのも、新吉原内の角町との混同を避けるためだったらしい。

話を戻そう。

京橋を渡ると、まず南伝馬町三丁目の自身番屋があるところの木戸を、勘兵衛は過ぎた。

そして最初の辻のところで立ち止まった。

まず左に伸びる道の奥を眺める。

先のほうに、畳町の木戸門と自身番屋がある。

次には、反対方向の右手に伸びる道も、同様に確かめた。

先には、具足町の木戸門と自身番屋があった。

平蔵が住む裏店は左手で、長年にわたり仇として探し求めていた荒川三郎兵衛は、右手の奥に住んでいた……。

（なるほど……）

と、胸の内でつぶやきながら、勘兵衛は右手に曲がった。

平蔵が地団駄踏んで悔しがった気持ちが、改めて理解できたのだ。

具足町は、その名のとおり、甲冑作りの者が多く居住する。

やがて具足町の自身番屋も過ぎると、一町（約一〇〇メートル）ばかり先に、腰高障子に

〈角町〉と書かれた自身番屋が見えてきた。

（いよいよ、近い……）

勘兵衛は、ゆっくりとした歩調で自身番の陰、その向かい側に建つ木戸番屋の陰などを眺めたが、平蔵らしい人影はなかった。

そのまま、木戸を通過しながら左右を窺う。

天水桶の陰にも、平蔵らしい人物は見えない。

「………」

ゆっくりとした歩調は変えず、勘兵衛は楓川に向かって進んだ。

（ふむ……）

楓川沿いの河岸には石材が積まれているが、柳の木に隠れるようにして、頬被《ほおかぶ》りの男が一人、うつむき加減に石の上に腰を下ろしている。

着衣は商人ふうだが、荷があるようでもなく、いかにも所在なげだ。

勘兵衛が、観察を続けながら進んでいくと右手に、戸を開け放って、広い土間で何挺かの駕籠を組み立てている職人たちが見えた。

これが、藤八の言っていた乗物屋であろう。

（すると……）

勘兵衛は足を止め、その向かい側に目を向けた。

乗物屋の間口が広いせいで、向かいには二軒の町家がある。

いずれも商家ではなく木塀に囲まれているが、手前の家の門柱には〈幼童筆学所《ようどうひつがくしょ》栄進堂《えいしんどう》〉の標札《ひょうさつ》が架かっているから、こちらは手習《てならい》師匠の家のようだ。

（では、こちらが……）

山田を名乗る、荒川三郎兵衛の家か、と目をやったついでに、先の柳の木のほうに視線を送ると、頬被りの男が目を伏せた。

（どうやら、あれが平蔵だな）

そう見当はつけたが、これ以上は、動きようもない。

そこで——。

勘兵衛は、乗物屋の土間を見物の体《てい》で、荒川の家に背を向けて、しばらく職人たちの仕事ぶりを眺めながら思案した。

職人の一人でも、なにかご用で？　と声をかけてくれれば、このあたりに金貸しがいると聞いたが……などと尋ね、［吉野屋］の番頭のように金を借りにいってもいいな、などとも考える。

ちょうど、そんな折だ。

後ろのほうで、

「じゃあ、ごめんなすって」

という声が聞こえ、戸を開け閉めする音が聞こえた。

（はて、聞き覚えのある声だぞ）

思って勘兵衛が振り返ると、件《くだん》の家から出てきたのは、なんと大工の長六であった。

「おや、落合さま」

長六も気づき、

「どうされました。その恰好は？」

古びた単衣の着流しに、脇差だけという姿を訝かしんできた。

月代《さかやき》を剃り、頭髪だけは整えているものの、すでに腰のものも質草に入れた、生活に貧窮した御家人のように見えたのだろう。

「いや……。ちょいと親方、こちらへ」

勘兵衛は、長六の袖を引っ張るように、きた道を戻って角町の自身番屋のほうへ誘った。

## 5

角町の自身番屋のところを右折すると、楓川からの入堀に出る。

「宮仕え、というのも、けっこう窮屈なものでな」

入堀の端っこのところで立ち止まり、勘兵衛は言った。

「で、ときおりは肩肘を張らず、こんな恰好で町歩きをするのだ」

「ははあ、そんなものでございますかねえ」

勘兵衛の言い訳に、長六は笑った。

「きょうは非番ゆえ、野暮用《やぼよう》できたんだが……」

勘兵衛は、そろりと探りを入れた。

「親方が出てきた、あの家は、たしか山田とかいう金貸しの家ではなかったか」

言うと、長六はぴしゃりと額を叩き、

「こりゃあ、面目のねえところを見られましたなあ。いやあ、実は正月の火事で調子に乗って、身の丈をわきまえずに請け負いすぎましてね。材木の仕入はなんとかなったんですが、雇った大工たちの日当が、今すぐというわけではないが、ちぃとばかり不足しそうになりそうなもんでね」

「おいおい。大丈夫なのか」

「いやいや、万一の場合を考え、借金の予約というか、どれくらいまでなら融通してもらえるかを相談しにいったんでさあ。あそこはつきあいも長いし、金貸しにしては、それほど阿漕《あこぎ》でもありませんので」

「そんなに長いつきあいか」

「というより、前の親方のところにいたころに、あの家を建てたのが、あっしなんでさあ」

「おう。そうなのか」

これはまた、思いもかけない偶然だ。

勘兵衛は、ことばを選び、さらに尋ねた。

「実は、さる知人から聞いたのだが、ちかごろ、あの家の家長の姿を見かけなくなった、と心配しておってな」

「家長といいますと、山田成右衛門さんのことですかい」

「うむ。そのような名であったと聞いたが……」

「ははあ、それなら、成右衛門さんは家業を若旦那にまかせて、昨年から妾宅《しょうたく》暮らして……。そちらのほうの家も、あっしが建てさせていただきやした」

「ほう。奥さんを亡くしたとは聞いたが、お妾さんをなあ」

「へい。竹屋町の居酒屋で酌婦をしておった女で、成右衛門さんとは、親子ほども歳が離れております」

「そりゃあ、まあ、果報なことだ」

「いや、同感です。やっぱり金貸し稼業は儲けがちがうようで……」

「で、その妾宅というのは、どのあたりだろう」

「へい。それが、まあ、あっしの家から、入堀を挟んだ向かい側でございましてね」

「なんと……」

「へい。下槇町《しもまきちょう》というところなんですが……、ああ、あっしも、これから家に帰るところですから、お教えしましょうか」

「そうしてくれるか」

ということになって、二人は一緒に北に向かった。

向かいながら、勘兵衛は長六に釘を刺す。

「ちょいとわけがあってな。わたしが、山田どののことを、あれこれ尋ねたことは、ご本人や息子さんの耳には入れずにおいてほしいんだが……」

「へい。わけなどお聞きしませんし、ぺらぺらしゃべるもんじゃござんせんよ」

長崎町の広小路で二つめの入堀の縁《へり》を通り、その北の入堀は中橋の広小路のところまで深く入っていて、向こう岸には橋が架かっている。

橋のこちら側が大鋸町で、長六の家は橋袂から右側に当たる。

そして橋を渡った向こう岸が下槇町だという。

橋袂のところから、右前方を指しながら長六が言う。

「ほれ、あそこに［天満屋《てんまや》］という酒屋がございましょう」

「うむ。なになに、名酒屋山川酒《やまかわざけ》と袖看板にあるな」

ちなみに山川酒というのは、京都六条油小路の酒屋で造る白酒《しろざけ》のことだ。

「はいはい。その名酒屋の向こう隣りに、ちんまりした家がございましょう。そこが、成右衛門旦那の妾宅でござんすよ」

「ほう。あの、戸口に縁台の出ているところか」

「さいです。旦那は将棋好きで、夕方近くになると、近所の将棋仲間と、あの縁台で将棋を指したり見物したりしておりやす」

「ほほう。まさに、悠悠自適というやつだな」

「まことに……。いや、あっしらから見ても、羨ましいかぎりでござんすよ」

偶然のこととはいえ、これ以上はない、というようなネタを仕入れた勘兵衛は、その足で、［吉野屋］を訪ねることにした。


翌翌日の三月の二十日――。

日暮れも近くなったころ、［吉野屋］の藤八が、剣菱の四斗樽とともにやってきた。

以前の四斗樽は、とうに空《から》になって、樽は空《あ》き樽屋に引き取らせていたが、再びの御到来である。

酒好きの勘兵衛には嬉しい土産だが、下戸に近い八次郎は、

「うわあ。またですか」

と、迷惑顔だ。

気の毒なのは酒屋の男衆《おとこし》で、もちろん途中までは荷車で引いてきたのであろうが、勘兵衛の町宿前の日蔭町通りは石畳の、車馬通行禁止の道であったから、二人がかりで抱えてきたのであろうか、汗だくになっている。

この四斗樽、およそ二十三貫（八六キロ《キログラム》）の重さがあるから、さもありなんだ。

今度も入口土間先に筵を敷いて酒樽を鎮座させ、酒屋の男衆たちは戻っていった。

そして藤八もまた、

「時刻が時刻ですから、この土間先の立ち話にて……」

と、座敷に上がるのを遠慮した。

「されば……」

と、勘兵衛も了承すると藤八は、すでに一昨日に聞いていた礼を再び繰り返したのちに――。

「山田を名乗る荒川が、下槇町の妾宅にいることを平蔵に知らせましたところ、さっそく昨日に平蔵は、天満屋隣りの家を見張りにいって、夕刻には大男のゲジゲジ眉が、お教えいただいたとおりに縁台将棋に興じているのを確かめた、と申します」

「そうか。確かめられたか」

「はい。歳のころも合い、ただ、もう武士は捨てたらしく腰のものもなく、姿形《すがたかたち》は町人と変わらぬそうでございました」

「なるほど」

「平蔵は、そのことを急ぎ陸奥白河の松枝主馬に知らせ、主馬が江戸に出てくるのを待って、南北の両奉行所に仇討ちの届けを出す、という段取りになっております」

「さようか。すると、実際の仇討ちは、ずいぶん先のことになりそうだな」

「さようで……。平蔵が申しますには、本来なら落合さまにお目にかかって御礼を申し上げるべきなれど、荒川を討ち果たしたのちに、改めて御礼に参上したい、ということでございました」

「なんの。改めての礼など不要ですよ。ところで荒川は、永らく武士を捨てておるとはいえ、かつては、なかなかの遣い手だったと聞く。おさおさ油断は召されずに、無事に御本懐を遂げられることを祈っておる、とだけお伝えください」

返り討ち、ということもあり得るのだ。

短いやりとりののち藤八は、そろそろ茜《あかね》のさしはじめた日蔭町通りに出ていった。

# 藤沢宿・堀内本陣

## 1

四月に入った。

九日の直良公の国帰りに備え、愛宕下の江戸上屋敷は、なにやら慌ただしさを感じるようになった。

松田の手元役に復帰した平川武太夫も、松田の指示で、各部署との連絡に右往左往している。

そんななか、松田が勘兵衛に小声で言う。

「実はのう。隠居した服部と、手下《てか》の斧次郎が江戸に戻ってきた」

「え、まことですか」

「うむ。越後高田に滞在すること、およそ八ヶ月、この二月には高田を発ったそうだが、あちこちのんびりと物見遊山をしながら戻ってきたそうだ」

「で……」

「うむ。昨夕に連絡があって、［かりがね］で会ってな……」

［かりがね］は、松田が妾にやらせている、芝神明宮近くの茶漬け屋だ。

「まあ、詳しいことは、おいおいに話すが、越後高田の城下にて、揉め事の種をばらまいてきたというから、先先《さきざき》になって、どんな花が開くやら、まあ、楽しみといえば楽しみじゃ」

いかにも松田らしい言いぐさで、肝腎なところについては、お預け、であるらしい。

「それよりも、当面の心配事は、大殿のことじゃ。なにしろ、もう七十五歳じゃからなあ」

先の国帰りの際に大殿は、国許で風邪をこじらせ臥《ふ》せって参府がかなわず、ようやくに健康を取り戻して江戸に戻ってきたのは、昨年の十月になってからであった。

「無病息災で、お国帰りをなされて、来夏には無事にご参府をなされればよいのじゃが……」

いかにも心配げな声の松田であった。

勘兵衛もまた、松田同様に大きな懸念を抱いている。

そんななか、四月九日には予定どおりに大名行列を整えて、松平直良は、午後に愛宕下の江戸屋敷を出発した。

まずは露払いを先頭に、前駆け、前軍、中軍、そして大殿の駕籠、さらに後軍、荷駄の、行軍様式で編成される行列だ。

大名が乗る道中用の駕籠は、正式には黒漆塗網代駕籠《こくしつぬりあじろかご》というのだが、わずらわしいので、以下は、駕籠、で通す。

行列の総数は、例年どおりの二百五十人規模であるが、このうちには陪臣《またもの》や、割元の「千束屋」から雇い入れた渡り徒士も入っている。

これは、どこの藩でも同様だが、威風堂堂とした供揃えの大名行列は、江戸を出発する際と、国許の城下に入るときに整えられる。

そうでもしないことには経費がかかりすぎて、財政を圧迫しかねない。

勘兵衛も、八次郎ともども、愛宕下の上屋敷前で、これを見送っている。

発駕を午後にしたのは、直良公の体力を考えてのことで、第一泊目は川崎宿、二泊目が藤沢宿と、一日の行程を短くとり、例年より日数をかけての国帰りを考慮したためだ。

しかし――。
松田や勘兵衛の懸念は、思ったより早く現実のものとなった。

## 2

愛宕下から川崎の宿までは、およそ三里半、六郷川《ろくごうがわ》を橋で渡って川崎の宿に入る。

ちなみに、この六郷川の橋は、大水が出た際にしばしば流失するため、元禄四年（一六九一）からは架橋を廃し、〈六郷の渡し〉と呼ばれる渡船が使われることになった。

すでに品川の宿あたりで渡り徒士たちを帰して、百八十人規模に減じた行列は、川崎宿の田中本陣に大殿以下中枢の上級藩士が入り、ほかの者たちは、それぞれ所定の旅籠や寺院などに散らばった。

こうして、とにもかくにも、一日目は終わった。

翌四月十日は、雲ひとつない好天気であったが、太陽の陽ざしが強く、四ツ（午前十時）を過ぎたあたりから、どんどん気温が上がりっぱなしの天候になった。

その暑さたるや異常なもので、川崎から保土ヶ谷《ほどがや》の宿まで三里と二十七町、そこで中食《ちゅうじき》休息をとる正午ごろにには、ほとんどの者が汗まみれになった。

「いや、それにしても、くそ暑いのう」

半刻あまりの休息ののち、再び駕籠に乗り込みながら、松平直良は、御供番頭の沓《くっ》籠押二《かごおうじ》に、珍しく弱音を漏らした。

第二泊目は藤沢宿の堀内本陣、そこまで四里の道を再び行列は進みはじめた。

権太坂《ごんたざか》、二番坂と一気に上って境木《さかいぎ》を越えると、あとは下り坂で、その先に戸塚《とつか》の宿がある。

きょうの難所を通過して、沓籠は少し安堵しつつも馬を下り、

「殿。大事はござりませぬか」

と、駕籠に向かって問いかけている。

「大事はない」

との返事があった。

坂の下りは木陰もあって、しのぎやすかったが、陽はじりじりと容赦なく照りつける。

駕籠内部に直射日光は及ばないが、その分、熱がこもりやすい。

戸塚三ヶ宿を過ぎれば、藤沢までは二里、ここからは松並木、杉並木が続く街道筋

で、しかも大坂と呼ばれる下り坂、もはや難所と呼ばれるところもない。

富士のお山も眺望できる。

そのときだ。

「沓籠さま、ちと……」

と、声をかけてきた者がいる。

見ると、馬廻り役の手塚《てづか》刑部左衛門《ぎょうぶざえもん》であった。

馬廻りは、駕籠の左右を固める給仕役や警護役で、全員が御供番の内から選ばれている。

「どうした？」

「妙でございます、ここ半刻《はんとき》（一時間）以上も、無双窓《むそうまど》が閉じられたままで」

「なに」

言うなり沓籠は、

「馬止めよ」

馬の口取りに声をかけるなり、ひらりと馬から降りて駕籠に駆け寄った。

無双窓というのは、駕籠につけられた窓で道中の景色を眺めたり、馬廻りに用を申しつけるときに、ときどきは開くものだが、それが半刻以上も閉じられたままというのは、気になる。

「殿、殿！　大事はございませぬか」

沓籠は、駕籠に近寄って呼びかけるが返事はない。

とりあえず、駕籠を下ろすようにと陸尺《ろくしゃく》たちに命じ、

「殿！　失礼をばつかまつります」

言って沓籠は、駕籠の屋根を跳ねあげ引き戸を開いた。

すると駕籠内では、松平直良が目を閉じたまま、ぐったりしている。

「あっ、殿！　とのォっ！」

沓籠は仰天して肩を揺するのだが、もはや意識もない。

「いかん。手塚、医師を呼べ。それから筑山《つきやま》、露払いまで走って、行列を止めよ」

そのとき、すでに駕籠の後方にいた、お抱え医師の北林《きたばやし》杏林庵《きょうりんあん》が、異変に気づいて駆け寄ってきた。

それで、馬廻り役の筑山権六郎《ごんろくろう》が、行列を止めるべく駆け出した。

まず杏林庵は直良の脈を取り、次に額の熱を確かめ、瞼を開いて検分したのち、

「重度の暑気あたりのようです。まずは、濡れ手拭いと、ごく少量の塩を混じた飲み水と……」

駕籠の、すぐあとには茶弁当持ちという役柄の者がついている。

杏林庵は、用意された食塩水を直良に飲ませ、濡れ手拭いを直良の首に巻きつけた。

すると……。

「うう……」

と、直良が呻き、うっすらと目を開けた。

そこまでを見届け、杏林庵が言う。

「まずは、ここまで。この往来にては、これ以上の処置はできませぬ。風通しのため窓は開いて、急ぎ、藤沢の本陣へ」

それで残る一里半を藤沢に向けて、行列は急ぎに急いだ。

この暑気あたり、現代で言うところの熱中症に相違ない。

## 3

翌朝——。
夜を徹しての看病の結果、直良は意識は取り戻したが、いかんせん、立ち上がることができない。

どうするか。

沓掛押二を中心に、鳩首《きゅうしゅ》協議の結果、このままでは進むも退くもならぬ、との結論に達した。

藤沢宿の堀内本陣は、夕刻を過ぎると別の大名行列が到着する。

それゆえ、ここに尻を下ろして療養を続けるというわけにはいかない。

その先の本陣にても、また然り。

では、どうするか。

そのとき、直良近習の一人、西尾喜内《にしおきない》という者が言った。

「幸い、ここからは鎌倉が近うござる。過ぐる五年前、筑後松崎《ちくごまつざき》藩の有馬豊祐《ありまとよすけ》公に嫁がれた市姫《いちひめ》さまが亡くなられたとき、拙者、殿の使者として、鎌倉は雪の下にある鶴岡《つるがおか》二十五坊のひとつ、安楽院《あんらくいん》に市姫さま供養塔を寄進したことがござる。その縁をもって、とりあえずは殿を安楽院に移し、そこで静養していただくのが上策かと存ずる」

そうしよう、ということになった。

といって、断わりもなく連れ込むわけにもいかない。

そこで本陣の者に尋ねると、藤沢宿から鎌倉までは一里足らず、大仏坂《だいぶつざか》の切り通し道という、かつて鎌倉大仏を造営するときに、資材を運ぶための道が通じているという。

そこでさっそく、西尾喜内が一筆書いて、健脚の番士を選んで、書状を雪の下の安楽院に届けることになった。

選ばれた番士は佐治又八郎《さじまたはちろう》、二十二歳の若者であった。

「よいな。決して断わらせるでないぞ」

上司の沓籠に檄《げき》を飛ばされ、佐治又八郎は、脱兎《だっと》のごとく堀内本陣を飛び出していった。

そして待つこと、およそ一刻ほど——。

汗をしたたらせつつ佐治が戻ってきたのは、当日、四月十一日の四ツ（午前十時）を過ぎたころである。

「安楽院の住職、快く殿をお迎えする、とのことであります」

「そうか。ようやった」

沓籠は、ようやく愁眉《しゅうび》を開いて言った。

「では、手はずどおりにまいろうぞ」

沓籠とて、ただ漫然と佐治の帰りを待っていたわけではない。

すでに、これからの手筈を打ち合わせていた。

殿を安楽院まで運ぶにしても、大人数で押しかけるわけにはいかない。

まずは馬を駆け、築山権六郎が江戸上屋敷に、事の次第を急ぎ報告に戻る。

沓籠をはじめとする十人の御供番に近習二人、医師の北林杏林庵、それから六人の陸尺で、松平直良を鎌倉雪の下の安楽院に運び入れる。

残る百六十人の家士の内から十人を選び、本来ならば宿するはずの本陣や旅籠、寺院などを手分けして辞謝しながら国許にも、事情を知らせる。

そして手塚刑部左衛門の指揮のもと、百五十人の家士たちは、あくまで粛粛と愛宕下の江戸上屋敷まで引き返す。

「では、御先にごめん」

筑山権六郎は、本陣の厩《うまや》から引き出した馬にひらりと飛び乗って、一路、江戸へ向けて駆け出した。

4

早馬《はやうま》で戻る築山権六郎は、諸処の人馬継ぎ立て駅で替え馬をしながら、およそ十二里の江戸愛宕下へと一路ひた走る。

そうやって、愛宕下へ帰還したのは、その日も日暮れ前のことであった。

この緊急事態に、落合勘兵衛も、急遽、松田役宅に呼び出された。

「で、殿の御容体は？」

さっそくに尋ねる勘兵衛に、

「今のところは、なんともわからぬ。たいしたことがなければよいのじゃが」

ただただ、松田は眉を曇らせた。

「下屋敷の若ぎみさまには、もうすでに……」

勘兵衛が、その点を確かめると、

「うむ。八郎太を走らせた。それより、殿のご発病と、旅程の変更のこと、明日いちばんで幕閣に届けねばならん。場合によっては、これから目のまわるような忙しさになろうぞ」

「では、わたしも、事が落ち着きますまでは、この役宅に詰めましょうか」

「そうしてくれ」

ということになって、勘兵衛は若党の八次郎にそのことを告げて、事の次第を園枝に伝言するように伝えた。

それから三日ばかりが経ったが、いっかな、大殿の容体は芳《かんば》しくない。

老齢のうえに、かなりの体力を消耗したようである。

その間に、若殿付家老《つけがろう》の伊波利三がやってきて、

「直明ぎみが、もし父ぎみに万一のことあれば悔やんでも悔やみきれず、是非すぐにでも、鎌倉雪の下に父ぎみを見舞いたいと仰せでございます」

と、訴える。

対して松田も、

「いかにも、ごもっとも。本日の内にも、直明さまのお見舞い願いを幕閣に届けますほどに、伊波どのには、旅のお支度などご準備くだされ」

と答えた。

この伊波利三、勘兵衛にとっては幼きころからの大親友であったが、互いに目配せをするにとどまり、あれやこれやの会話さえ憚られる状況であった。

事は、急を要する。

御用番（月番老中）への願い書を松田が書き、松田の指示で勘兵衛は、懇意の老中、稲葉正則への合力願いを認《したた》め、まずは江戸留守居役の松田とともに江戸城へ、そして桜田門内の稲葉家上屋敷へも立ち寄った。

それが功を奏してか、翌日の午後には——。

〈松平侍従但馬守直良嫡男、直明儀、鎌倉雪の下、安楽院に御病気御見舞いの願い、苦しからず〉

との、お許しが出た。

これを受け、翌四月十六日の早朝には、松平直明はわずかな手回りの供にて芝・高輪の下屋敷を出立し、鎌倉雪の下へと至ったのである。

それから、およそ一月《ひとつき》あまり——。

松平直良の病状は、まさに一進一退、強靭な生命力は驚嘆するばかりであったが、どうしても床上《とこあ》げまでには至らない。

直良は終日、昏昏と眠り続けたり、ときにはぱっちりと眼を開き、意識が清澄となって話すこともある。

そんなとき、直良が病床のまわりに直明や近習を集めて、こう言った。

「すでに我が命運も尽きたようじゃ。そこで皆の者に申しつける。我が亡骸《なきがら》は京に運び、東山《ひがしやま》の禅林寺《ぜんりんじ》に葬るようにいたせ」

禅林寺は、浄土宗西山禅林寺派の総本山で、京に三ヶ所ある勧学院《かんがくいん》（学問研究所）のひとつであった。

安楽院での療養が思いのほかに長引いたうえに、松平直良の遺命まで出て、直良近習たちは、とりあえずは殿を江戸に戻そう、という結論に落ち着いた。

それも移送は短いほどよいので、愛宕下の上屋敷よりも、高輪の下屋敷へと衆議一決した。

これを受け、再び松田と勘兵衛は、その旨の書類を作成して幕閣に提出、苦しからずとの許可を得た。

こうして、松平直良、直明の父子が高輪の下屋敷に戻ったのが六月一日であった。

これに対して幕府では、六月十四日に御書院番頭の松平内匠頭《たくみのかみ》乗利《のりとし》が、将軍名代の上使として病気見舞いに訪れた。

そんな、ざわついた日日が続くなか、勘兵衛の元を浜松藩の坂口喜平次が訪れてきた。

「殿さま、ご病臥中のあわただしき折に、まことに、ご厄介なことと思われますがお許しください。実は、昨日、我が殿に大坂城代の正式な辞令が下り申した。それで近ぢか、我ら上方《かみがた》へと上《のぼ》りますが、我が殿におかれましてはご繁多のなか、ご挨拶の儀はご遠慮を申し上げますが、失礼の段は、どうかお許しくだされ、との伝言でございます」

「それは、わざわざ、かたじけない。どうぞ、よろしくお伝えください。また坂口どのに、ご子息の喜太郎《きたろう》さん、いずれ再会することもあるやもしれませんが、どうか、息災にてお過ごしくださいますように」

勘兵衛もまた、坂口にそのように返して、短かった縁者との別れの挨拶をしたのであった。

(それにしても……)

勘兵衛には、例の藤八から協力を依頼された仇討ちのことが、ふと、よぎる。

陸奥白河から松枝主馬が江戸到着後に、仇討ちの準備に入ると言っておったが……。

(どのように、進展しているのであろうか)

だが、今の勘兵衛にとっては、それどころではないのであった。

そしてついに、六月の二十六日、松平直良は芝・高輪の下屋敷において、七十五年の生涯を閉じた。

悲しむ暇《いとま》さえなく、勘兵衛は松田とともに江戸城に向かい、すみやかに死亡届を提出した。

すると翌二十七日には、甲斐谷村《かいやむら》藩(現山梨県都留《つる》市)の藩主で奏者番を務める秋《あき》元喬知《もとたかとも》が、将軍家上使として弔問《ちょうもん》にきて、その後にも続ぞくと弔問客は続いた。

そんな多忙のうちにも粛粛と松平直良の葬儀はおこなわれたが、江戸留守居役の松田や勘兵衛は、幕閣に提出する直明の襲封願いや、国許に宛てての連絡業務に忙殺された。

幕府から正式に襲封の許しが出た際には、直明は登城して将軍に、襲封の挨拶をしなければならない。

これには前例を踏襲し、家格の高い家老の津田図書信澄《としょのぶすみ》と大名分の津田左衛門富信《さえもんとみのぶ》公を供にしてもらうのが無難と判断し、両者に対しては、すみやかに参府されたい、との連絡も必要であった。

こうして無事に松平直良の葬儀も終わったのちの七月一日、直良の柩《ひつぎ》は遺命によって、遠く京は東山の禅林寺に葬るべく、芝・高輪の下屋敷を出発した。

勘兵衛は、若ぎみの直明や付家老の伊波利三、また若ぎみ小姓組頭の塩川七之丞《しちのじょう》ほか、多くの家士たちに混じって、柩を見送った。

見送りを終えたのち、まるで申し合わせたように、伊波利三と塩川七之丞が勘兵衛のところに集まってきた。

「いよいよ、この日がきたな」

「うむ」

言った伊波に勘兵衛が答え、

「頼むぞ。勘兵衛」

と、塩川が続ける。

勘兵衛は短く、「おう」とだけ答えている。

伊波は、勘兵衛や七之丞より二歳上だが、この三人、幼いときからの親友で、ともすれば暴走する直明ぎみが領主となった暁には、文字どおり三本足の鼎《かなえ》となって、この越前大野藩を守り抜いていこうと、暗黙のうちに誓い合った仲であったのだ。

## 5

さて、こちらは下槇町から近い、四五《よんご》の入堀の入口近い柳の木の下である。

二人の浪人者が菅笠《すげがさ》をかぶり、所在なげに佇んでいた。

片やは、二十歳の若者で名は松枝主馬、もう一人は、三十八歳になる大竹平蔵であった。

平蔵からの連絡を受け、松枝主馬が陸奥白河を発して江戸に着いたのが五月の半ば
――。

それを機に、平蔵は畳町の裏店を出て髷《まげ》を結い直し、改めて大竹平蔵という侍に戻り、［吉野屋］藤八のところに二人して寄留している。

そのうえで、南北両奉行所に仇討ちの届け出をなして、以来、仇討ちの機会を窺っていた。

ところがめざす仇で、山田成右衛門と変名した荒川三郎兵衛は、夕刻になると表の縁台に出てきて将棋に興じるのであるが、それをまた近所の者が見物にきて、縁台を取り囲む。

そんなところに仇討ちの名乗りを挙げれば騒ぎは必定《ひつじょう》、もしも討ち損じでもすれば、それきり雲を霞《かすみ》と逃げられてしまうおそれがあった。

また雨の日は、家に閉じこもっているし、縁台将棋をしているところに俄雨《にわかあめ》があれば、そのまま家に引っ込んでしまう。

となると、荒川が一人きりで出かける機会を待つほかはない。

だが、なかなかに機会に恵まれない。

そうやって、ひと月あまりが経つと、だんだんに焦りも出てきて、

――いっそのこと、斬り込んではどうだ。

と、若い松枝主馬は焦れるが、

――いや、ここが辛抱のしどころです。

十数年にわたり、荒川の行方を探し続けてきた平蔵にすれば、ここにきて、ますます慎重になって、妾宅にはできるかぎり近づかず、毎日場所を変えては遠見の見張りに徹し、好機の訪れるのをひたすらに待った。

そうやって、ひと月以上も下槇町の妾宅を見張っていれば、そこに住居する構成も自ずからわかってきた。

荒川の妾は、二十代半ばの年増で、もう一人、十五、六の小女がいる。

これまでに、二度ばかり荒川が一人で他出するのを見かけたが、いずれも昼日中、しかも人通りの多い日本橋通りの買い物で、機会を失した。

それにしても、この荒川、ほとんど他出をしないし、外出に際しては笠をもちいる。

ということは、やはり自分が敵持ちだということを認識していて、よほどに用心を重ねているとしか思えない。

そして七月十二日がきた。

この日、昼過ぎには小女が出て、それきり戻らない。

同じ場所から見張ると怪しまれるので、松枝と平蔵は、随時に場所を変えながら、見張りを続ける。

越中橋の上から、なおも見張っていると、夕刻近くになって、俄に雷鳴が轟き、一天がたちまち黒雲に覆われはじめた。

だが、まだ雨は落ちてこない。

「主馬さま。好機かもしれませぬぞ」

囁くように、平蔵は言った。

「ん……」

「そろそろ縁台将棋が、はじまろうかという刻限。しかし、縁台には、まだ誰もおりませぬ。今のうちに縁台に、誰か座っておれば、あるいはきゃつが顔を出すやもしれず……」

「お、そうかもしれぬな」

松枝主馬も平蔵の言わんとするところを察したらしく、

「とりあえず、まいろう」

二人して越中橋を駆け下りて、薄暗くなりつつある本材木町の四五《よんご》の橋で入堀を渡りながら、

「主馬さまは縁台に、わたしは、万一、きゃつが出てきたときには、入口を塞ぎましょう」

怒鳴るように打ち合わせて、妾宅の前に至った。

そして松枝主馬が、菅笠をとって縁台の片隅に座り、平蔵は娼家手前の木塀に張りついた。

再び雷鳴が轟く。

まだ、雨は落ちてこない。

しばらくして、娼家の腰高障子が開いて、荒川が表に顔を覗かせた。

それから天を仰いで雲行きを見、縁台に座っている主馬に声をかける。

「おい。誰かは知らぬが、このとおりの雲行きじゃ。きょうの縁台将棋は、お休みじゃよ」

と、そのとき、木塀に張りついていた平蔵が、腰高障子と荒川の間にするりと入り込み――。

「あっ！　なんじゃ、おまえは……」

驚愕した声を出すところを、平蔵は、どんと荒川の背後を押し出している。

そのとき、すでに縁台から立ち上がった松枝主馬が、刀を抜きつつ叫ぶように言った。

「おのれ、荒川三郎兵衛、親の仇じゃ。覚えがあろう」

返事も待たずに、上段から荒川に斬りかかる。

からくも躱した荒川だが、屋内に逃げ込もうとするところを待ち受けていた平蔵が、すでに刀を引き抜いていて、横なぎに払ったところ、荒川の右前膊を傷つけて、荒川がたたらを踏んだ。

そこへ、まわり込んできた主馬が、さらに一太刀、これは荒川の左腕と腹を割いた。

「む、むーっ！」

どさりと、荒川が倒れた。

倒れた荒川の腹に平蔵が刀を突き立てると、獣のような悲鳴があがる。

そのころになると、表の騒ぎを聞きつけて、隣りの名酒屋［天満屋］から、丁稚、手代たちが飛び出してきた。

それに向かって、松枝主馬が吠えるように叫ぶ。

「我は、元白河藩士、松枝主水が一子、松枝主馬なり。もう一人は、その若党が一子、大竹平蔵。二人の父親は、過ぐる明暦四年に、この山田成右衛門と変名する荒川三郎兵衛に斬殺をされた。これ、尋常の仇討ちなり」

と――。

それを平蔵は押しとどめ、

「それより、主馬さま。止《とど》めを忘れてはなりませぬぞ」

「お、そうであった」

縁台の横で、のたうっている荒川に近づいた主馬が、深ぶかと胸を突く。

周囲に、どよめきが起こった。

そのとき、ざーっと激しい雨が落ちてきた。

二人が血刀を鞘に収め、西の道筋にある新槇町二丁目の自身番屋に出頭するため歩き出すと、庇下に引っ込んでいた［天満屋］の従者たちが、さらに奥へと引っ込んだ。

そのとき、ずぶ濡れになりつつ進む主馬や平蔵の背後から、

「あんたぁ！　どうしたんだい、あんたぁ！」

おそらくは荒川の妾であろう女の哀切きわまりない悲鳴が届いてきた。


それから数日ののち——。

勘兵衛の露月町の町宿に［吉野屋］藤八が訪ねてきた。

藤八は、まずは松平直良の悔やみを述べたあと、無事に仇討ちを終えたことを報告した。

「そうか。見事に本懐を遂げられたか」

勘兵衛は、静かにうなずいた。

「はい。両人は、今は小伝馬町牢屋敷にて取り調べを受けております。幸いなことに、ふたりとも武士と認められ上がり屋に入れられて、御検視の結果は、すべてが向こう傷、また仇討ちの目撃証人もあるゆえに、山田成右衛門なる者が、荒川三郎兵衛と判明いたせば、いずれ解き放ちとなりましょう」

「ふむ。なるほど」

いかに仇討ちとはいえ、いきなり後方から斬りつける、という方法では、卑怯なる手段ということで、仇討ちとは認められないことが多い。

その点、平蔵たちは、前もって親の仇と呼ばわっているし、傷はすべてが向こう傷。

相手が得物を手にしていないことが、問題になるかもしれないが、すでに武士を捨てて町人として暮らしているからには、その点を咎められる可能性は低い。

残るは、山田なるものと荒川が同一人物かどうかだ。

だが、両人が同一人物であることは、下谷上野町の権兵衛店大家のところに残された人別帳でも明らかになろう。

「両名が、無事にお解き放ちになったとき、ご多忙かつ尋常ならぬ時期ではございますが、是非一献……」

さすがに藤八は祝宴とは言わなかったが、勘兵衛には、これから、まだまだやらねばならない仕事が山積みであった。

「藤八どの、悪いが、しばらくは、その気になれぬ。いずれ落ち着いたおりに機会があれば……ということにしておいてはくれぬか」

そう返した勘兵衛に、藤八は、

「やむを得ません。時期が悪うございました」

とだけ言って、深ぶかと頭を下げた。

なお、この仇討ちは〈松枝主馬・江戸京橋の敵討〉と名づけられて、現代にも伝えられている。

［筆者註］

一　本稿の江戸地理に関しては、延宝七年［江戸方角安見図］（中央公論美術出版）および、御府内沿革図書の［江戸城下変遷絵図集］（原書房）によりました。

二　比企藤四郎の悲劇の執筆にあたっては、林原英祐氏の『比企一族……越前比企物語』を、大いに参考にさせていただきました。

時代小説
二見時代小説文庫

# 玉響《たまゆら》の譜《ふ》　無茶《むちゃ》の勘兵衛《かんべえ》日月録《じつげつろく》17

著者　浅黄《あさぎ》　斑《まだら》

発行所　株式会社 二見書房
東京都千代田区三崎町二-一八-一
電話　〇三-三五一五-二三一一［営業］
〇三-三五一五-二三一三［編集］
振替　〇〇一七〇-四-二六三九

印刷　株式会社 堀内印刷所
製本　ナショナル製本協同組合

 ISBN978－4－576－13164－1
http://www.futami.co.jp/

## 山峡の城
無茶の勘兵衛日月録

浅黄 斑［著］

藩財政を巡る暗闘に翻弄されながらも毅然と生きる父と息子の姿を描く著者渾身の感動的な力作！本格ミステリ作家が長編時代小説を書き下ろし

## 火蛾《かが》の舞
無茶の勘兵衛日月録2

浅黄 斑［著］

越前大野藩で文武両道に頭角を現わし、主君御供番として江戸へ旅立つ勘兵衛だが、江戸での秘命は暗殺だった……。人気シリーズの書き下ろし第２弾！

## 残月の剣
無茶の勘兵衛日月録3

浅黄 斑［著］

浅草の辻で行き倒れの老剣客を助けた「無茶勘」こと落合勘兵衛は、凄絶な藩主後継争いの死闘に巻き込まれていく……。好評の渾身書き下ろし第３弾！

## 冥暗《めいあん》の辻
無茶の勘兵衛日月録4

浅黄 斑［著］

深傷を負い床に臥した勘兵衛。彼の親友の伊波利三は、ある諫言から謹慎処分を受ける身に。暗雲が二人を包み、それはやがて藩全体に広がろうとしていた。

## 刺客の爪
無茶の勘兵衛日月録5

浅黄 斑［著］

邪悪の潮流は越前大野から江戸、大和郡山藩に及び、苦悩する落合勘兵衛を打ちのめすかのように更に悲報が舞い込んだ。大河ビルドンクス・ロマン第５弾

## 陰謀の径《みち》
無茶の勘兵衛日月録6

浅黄 斑［著］

次期大野藩主への贈り物の秘薬に疑惑を持った江戸留守居役松田と勘兵衛はその背景を探る内、迷路の如く張り巡らされた謀略の渦に呑み込まれてゆく……

## 幻惑の旗 無茶の勘兵衛日月録13

浅黄 斑［著］

祝言を挙げ、新妻を伴い江戸へ戻った勘兵衛の束の間の平穏は密偵の一報で急変した。越前大野藩の次期藩主・松平直明を廃嫡せんとする新たな謀略が蠢動しはじめたのだ。

## 蠱毒《こどく》の針 無茶の勘兵衛日月録14

浅黄 斑［著］

越前大野藩の次期後継・松平直明暗殺計画は潰えたはずだが、新たな謀略はすでに進行しつつあった。藩内の不穏を察知した落合勘兵衛は秘密裡に行動を……

## 妻敵《めがたき》の槍 無茶の勘兵衛日月録15

浅黄 斑［著］

越前大野藩の次期後継廃嫡を目論む大老酒井忠清と越後高田藩小栗美作による執拗な工作は、勘兵衛と影目付らの活躍で撃退した。が、更に新たな事態が……！

## 川霧の巷《ちまた》 無茶の勘兵衛日月録16

浅黄 斑［著］

江戸留守居役松田与左衛門と勘兵衛は越前大野藩を囲繞する陰謀の源を探るべくそれ迄の経緯を検証し始める。そして新たな事件は、女の髪切りから始まった……

## 北瞑の大地 八丁堀・地蔵橋留書1

浅黄 斑［著］

蔵に閉じ込めた犯人はいかにして姿を消したのか？ 岡っ引き喜平と同心鈴鹿、その子蘭三郎が密室の謎に迫る！ 捕物帳と本格推理の結合を目ざす記念碑的新シリーズ！

## 公事宿《くじやど》 裏始末 火車《かしゃ》廻る

氷月 葵［著］

理不尽に父母の命を断たれ、名を変え江戸に逃れた若き剣士は庶民の訴証を扱う公事宿で絶望の淵から浮かび上がる。人として生きるために……。新シリーズ！

二見時代小説文庫

栄次郎江戸暦　浮世唄三味線侍
小杉健治［著］

吉川英治賞作家の書き下ろし連作長編小説。田宮流抜刀術の達人矢内栄次郎は部屋住の身ながら三味線の名手。栄次郎が巻き込まれる四つの謎と四つの事件。

間合い　栄次郎江戸暦2
小杉健治［著］

敵との間合い、家族、自身の欲との間合い。一つの印籠から始まる藩主交代に絡む陰謀。栄次郎を襲う凶刃の嵐。権力と野望の葛藤を描く傑作長編小説。

見切り　栄次郎江戸暦3
小杉健治［著］

剣を抜く前に相手を見切る。過てば死…。何者かに襲われた栄次郎！彼らは何者なのか？なぜ、自分を狙うのか？武士の野望と権力のあり方を鋭く描く会心作！

残心　栄次郎江戸暦4
小杉健治［著］

吉川英治賞作家が〃愛欲〃という大胆テーマに挑んだ！美しい新内流しの唄が連続殺人を呼ぶ……抜刀術の達人で三味線の名手栄次郎が落ちた性の無間地獄

なみだ旅　栄次郎江戸暦5
小杉健治［著］

愛する女を、なぜ斬ってしまったのか？三味線の名手で田宮流抜刀術の達人矢内栄次郎の心の遍歴……吉川英治賞作家が武士の挫折と再生への旅を描く！

春情の剣　栄次郎江戸暦6
小杉健治［著］

柳森神社で発見された足袋問屋内儀と手代の心中死体。事件の背後で悪が哄笑する。作者自身が〃一番好きな主人公〃と語る吉川英治賞作家の自信作！

神田川斬殺始末　栄次郎江戸暦7
小杉健治［著］

三味線の名手にして田宮流抜刀術の達人矢内栄次郎が連続辻斬り犯を追う。それが御徒目付の兄栄之進を窮地に立たせることに……兄弟愛が事件の真相解明を阻むのか！

明烏《あけがらす》の女　栄次郎江戸暦8
小杉健治［著］

栄次郎は深川の遊女から妹分の行方を調べてほしいと頼まれる。やがて次々失踪事件が浮上し、しかも自分の名で女達が誘き出されたことを知る。何者が仕組んだ罠なのか？

火盗改《かとうあらた》めの辻　栄次郎江戸暦9
小杉健治［著］

栄次郎は師匠の杵屋吉右衛門に頼まれ、兄弟子東次郎宅を訪ねるが、まったく相手にされず疑惑と焦燥に苛まれる。東次郎は父東蔵を囲繞する巨悪に苦闘していた……

大川端《おおかわばた》密会宿　栄次郎江戸暦10
小杉健治［著］

〝恨みは必ず晴らす〟というい う投げ文が、南町奉行所筆頭与力の崎田孫兵衛に送りつけられた矢先、事件は起きた。しかもそれは栄次郎の眼前で起きたのだ！

秘剣　音無し　栄次郎江戸暦11
小杉健治［著］

栄次郎が、湯島天神で無頼漢に絡まれていた二人の美女を救った事から事件は始まった…！ 全ての気配を断ち相手を斬る秘剣〝音無し〟との対決に栄次郎の運命は……

かぶき平八郎荒事始　残月二段斬り
麻倉一矢［著］

大奥大年寄・絵島の弟ゆえ、重追放の咎を受けた豊島平八郎は八年ぶりに江戸に戻った。溝口派一刀流の凄腕を買われて二代目市川團十郎の殺陣師に。シリーズ第１弾

笑う傀儡《くぐつ》　剣客相談人7
森詠［著］

両国の人形芝居小屋で観客の侍が幼女のからくり人形に殺される現場を目撃した「殿」。同じ頃、多くの若い娘の誘拐事件が続発、剣客相談人の出動となって……

七人の刺客　剣客相談人8
森詠［著］

兄の大目付に呼ばれた殿と爺と大門は驚愕の密命を受けた。江戸に入った刺客を討て！　一方、某大藩の侍が訪れ、行方知れずの新式鉄砲を捜し出してほしいという。

必殺、十文字剣　剣客相談人9
森詠［著］

「殿」と爺らに白装束の辻斬り探索の依頼。すでに七人が殺され、すべて十文字の斬り傷が残されているという。背後に幕閣と御三家の影！　長屋の殿と爺と大門は……

蔦《つた》屋でござる
井川香四郎［著］

老中松平定信の暗い時代、下々を苦しめる奴は許せぬと反骨の出版人「蔦重」こと蔦屋重三郎が、歌麿、京伝ら「狂歌連」の仲間とともに、頑固なまでの正義を貫く！

神の子　花川戸町自身番日記1
辻堂魁［著］

浅草花川戸町の船着場界隈、けなげに生きる江戸庶民の織りなす悲しみと喜び。恋あり笑いあり人情の哀愁あり、壮絶な殺陣ありの物語。大人気作家が贈る新シリーズ！

女房を娶《めと》らば　花川戸町自身番日記2
辻堂魁［著］

奉行所の若い端女《はしため》お志奈の夫が悪相の男らに連れ去られてしまう。健気なお志奈が、ろくでなしの亭主を救い出すため、たった一人で実行した前代未聞の謀挙とは…！